北山南水

吕纯儿 著

北方文艺出版社

哈尔滨

图书在版编目（CIP）数据

北山南水 / 吕纯儿著 . -- 哈尔滨：北方文艺出版
社，2025. 1. --ISBN 978-7-5317-6428-1

Ⅰ. I267

中国国家版本馆 CIP 数据核字第 20248AA758 号

北山南水

BEISHAN NANSHUI

作　者 / 吕纯儿

责任编辑 / 赵　芳　　　　　　　　装帧设计 / 观止堂_ 未氓

出版发行 / 北方文艺出版社　　　　邮　编 / 150008
发行电话 /（0451）86825533　　　经　销 / 新华书店
地　址 / 哈尔滨市南岗区宣庆小区 1 号楼　网　址 / www. bfwy. com
印　刷 / 四川科德彩色数码科技有限公司　开　本 / 880mm×1230mm　1/32
字　数 / 160 千　　　　　　　　　印　张 / 6. 875
版　次 / 2025 年 1 月第 1 版　　　　印　次 / 2025 年 1 月第 1 次印刷
书　号 / ISBN 978-7-5317-6428-1　　定　价 / 42. 00 元

寻找那缝隙里的光

陆春祥

我在《北山南水》中跋涉，遇见了一路的惊喜，这惊喜，是吕纯儿在六年的时光中，用智慧的双眼寻找发现的。古城、古镇、古村，古物、古人、古籍，她似乎沉浸在一切与古有关的事物中，她用辛勤的脚步在金华大地探秘挖掘，与古为徒，乐此不疲。

八咏楼是金华的文化地标。

四十年前，我在高村读书的时候，约莫是大二的上半年，听说城里的八咏楼修好了，就和几位同学一起去看新鲜。说实话，彼时，也只是登登楼，看看四周的景色，感叹一番而已。而吕纯儿在开篇《八咏楼上》，以沈约为中心，条分缕析，写尽了八咏楼一千五百余年的兴衰史。沈约对于八咏楼，就如严子陵对于富春江，后人登楼观江吟咏，留下的巨量诗文，百分之八十是对沈约的致敬。

吕纯儿在处理这些历史人物与历史事件时，有三点是特别闪光的。

一是用自己细研磨碎了的信史，追踪人物，为人物立传。许多历史人物，在人们的心中，一般都只有一个大概印象，而吕纯儿不从读者已知的史料入手，往往独辟蹊径，爬梳剔抉，从草蛇灰线中，将人物生活的点滴挖掘出来。如此，她笔下的人物，往往生动，不古板。《梅花喜神谱》就是这样的代表作品。文章从南宋年间湖州儒生宋伯仁的魂为梅花所摄的悬念起笔，主体写宋伯仁《梅花喜神谱》中的一百幅各式梅花图及配诗，以及《梅花喜神谱》重刻本收藏引出的一系列故事，一本画谱，贯穿七百多年，抽丝剥茧，堪称传奇。

二是生动细节的呈现。这些细节，看得出来，源于作者用心的阅读积累，辛勤不懈的寻找分析。不少写作者对散文的细节重视程度不够，至少没有如小说细节那般重视。在我看来，散文的细节，极其重要，可以这样说，那些鲜活的章节，都是由各种生动细节构成的。例子不一一举，作者已经深谙细节的力量，几乎在每一篇中，她都非常注意细节的挖掘。因此，整本书读来津津有味，就如我们跟随作者在不断寻找，一直寻到答案为止。

三是作者的亲历参与。本书从内容到表达，应该属于历史文化散文。这一类散文，最容易流于资料的呆板引用与堆积，而作者显然注意到了这一点，几乎每一篇文章，她都会尽力到达现场，哪怕现场只有一堆废墟，或者只有一块碎瓷片，她都会尽力寻找，努力找出缝隙中的那一抹光。在《铁店窑的远征》中，作者对历史事件的追踪，对历史现场的还原，对现场的亲临，各者之间，相互勾连，直到主题的完整呈现。其实，作者的亲历，并不是简单的人到现场，而是作者的个人生活经历、人生经验及情感的有效打通，数者间的有机融合。从这个角度说，作者的亲历，实在是一次写作水平高低的综合测试。显然，作者给出了令人惊喜的答案。

这些年来，我一直倡导"写散文从做学问开始"的写作观，这很不容易。我完全能够想象，吕纯儿在《北山南水》的写作中，那种做学问的艰辛程度，有时喜悦，有时沮丧，甚至常常有撑不下去要放弃的感觉，而最终，她以沉静与毅力战胜了自己。阅读大量的典籍，从浩瀚的典籍中寻找出蛛丝马迹，将所要表达的历史人物与事件的来源与出处理清楚，通过人物与事件，反映那个特定时代的概貌与全貌，并折射出时代的光芒。她不急不躁，一篇，又一篇，厚厚实实，让文章呈现出韵味不同的各种气象，并形成一个系列。她捕捉的鲜活故事，勾勒的文化脉络，是她对故土的情感，也必然对地方文化旅游发展产生积极作用。

这本让我惊喜的《北山南水》，无论是内容的挖掘与梳理，还是叙述的语言与节奏，抑或主旨的归纳与提炼，都老练成熟，显得活力充沛，这殊为不易。我期待，她的下一部作品，能在对文字的漫长追捕中，有更多的惊喜与陌生。

甲辰仲秋
于富春庄

（陆春祥，中国散文学会副会长、鲁迅文学奖得主）

第一辑　古城

第二辑　大地

北山南水

第一辑

古 城

八咏楼上

一

　　八咏楼前，两江之水合而为一，浩浩汤汤向西远去。没有人知道，在没有这座古楼之前，三江之水在天地云霞、岁月苍黄中流淌了多少年。

　　公元 494 年，一位官员被贬谪到这里，他叫沈约（441—513），字休文，吴兴武康（今浙江省德清县）人。他的职务是东阳郡太守，那时的金华不叫金华，因地处"瀫水之东，长山之阳"而被称为东阳郡。沈约时年五十三岁，人生半百漂泊异乡，总是带着几分凄伤。

　　我推测，沈约来到金华是在秋天。他抵达三江之水的北岸时，应该是一个黄昏，他青衫灰暗，满面忧伤，据说，还骑着一头驴。他来到的子城城门前，正是婺水北岸，此时斜阳正挂在远去的西水之上，金色的晚霞铺满了江河，水天一色，如千万条金鱼在游弋。沈约停在江边，被这样的景色迷住了，刹那间激动不已。他怔怔地站着，两条江河分别从东北和东南而来，在苍苍林野、春霭秋雾中历经千村万落，如同在历史的战乱中失散已久的兄弟，长途奔涌，终于在这金色的霞光中紧紧相拥。没有汹涌的波涛拍岸，没有卷起千堆金色的雪，只是相聚，而后在铺天盖地的霞光

/ 北山南水 /

中汤汤西行。江岸上长着一丛丛苍色芦苇，在金色的波光里摇曳着黑灰的背影，沧桑、忧郁在水中漫漶。沈约怔怔地站着，他身边的毛驴也怔住了，天地间没有一点声息，只有霞光笼罩和浸染，他和驴浑身都照成了金色。须臾，一阵凉风骤起，霞光婺水俱黯，沈约万千感慨，这是上苍给他的一个什么明示吗？

二

太守初来乍到，有很多的事情等着他，安置起居，清理政务，会见地方名士，等等。

一天早晨，理清事务的沈约又来到三江之地，没有随从，只有他和他的驴。此时的婺水澄澈如剑，清廓疏朗。他立于北岸，看义乌江汇入婺江，江面由宽阔变得更为宽阔，江水由豪迈变得更为豪迈。他想到了什么，往西行走，他要寻找一个渡口，他要到南岸去。早晨的渡口有三三两两的渡客，正好奇地打量这位牵着驴的陌生人。当船夫与船客知道他就是刚刚上任的太守时，都对他热情有加，沈约与船夫聊了聊渡口的生意，渡船就到了南岸。

南朝齐的婺江南岸，还是一片芦苇丛和庄稼地，远处几间稀稀疏疏的民宅，一条路伸向远方。沈约顺着河岸溯流而上，他要到河边走走，他要靠近婺江之水的另一半。他立在南岸，看武义江水汇入婺江，也看两江汇聚之地的三角形小洲。小洲上长满了芦苇和各种各样的树，树上的叶子已呈斑斓色彩，它们永远静静地立着，如水边的哨兵，等待两位远古的先人在此相遇。林间有鸟雀，它们离人类的食物很近，却在这水边的林间自在恣意。沈约顿然高兴起来，他觉得自己就是这小洲的鸟，虽贬谪他乡，却自在恣意。

从南岸回到北岸，沈约举目寻找高处，寻找一个能让他看清三江之水交融的高点。他看了看岸边的树，又看了看临江的城墙，城墙下的城门旁有几棵梧桐树，叶子橙黄，在凉风中片片飘落，这让他又想起了那一日婺水上的霞光。他爬上城墙，往南眺望，豁然有悟——他要在此处建一座高楼，可尽收三江之胜、水天之色。

我猜想，沈约从城墙上下来，就骑着驴来到北山，在北山脚下慧约修行的庵前，他着急地从驴上下来，差点摔了个跟头，他有太多的话要与慧约讲。慧约是沈约的挚友，沈约贬谪金华，慧约就追随而来，沈约在金华当太守，慧约在北山修行（后来成为智者寺的开山祖师）。沈约进庵的时候，慧约正在盘腿修行，沈约向慧约讲述三江之地特殊地理位置带给他的震撼，说他内心的澎湃和激动，以及忧伤和孤独。他还说，那条流自慧约故乡义乌的东阳江豪迈而奔放，让人神往。慧约静静地听着，默不作声。沈约继续说："孙权为瞭望守戍建黄鹤楼，横江将军鲁肃为了阅军建阅军楼（岳阳楼）。我想在岸边建一高楼，不为瞭望守戍，也不为阅军，只为那瑰丽而豪迈的诗情，兄以为如何？"此时，慧约缓缓开口道："太守建诗楼，流芳千古。"

沈约激动不已，似是内心一个缠绕已久的想法，终于得到了认可。他是一位诗人，诗楼是诗人握向天地风雨、日月星辰的一只手，是存放灵魂的小小云台，有了诗楼，灵魂就有了去处。

三

子城的桐树门面临三江之水，而且城门边又有那数棵梧桐树。梧桐自古为吉祥之物，古人常把梧桐和凤凰联系在一起。沈约决定把诗楼建在桐树门之上，他大概觉得，那几棵梧桐树有着某种寓意，或者说他想建的楼也是一棵"梧桐树"，有梧桐树在，就有凤凰来栖。

诗楼不久就建成了，坐北朝南，面临三江，楼高数丈，石级百余，屹立于石砌台基上。沈约为之命名"玄畅楼"。

史料记载，沈约任东阳郡太守期间，"民清讼简，于是兴土木建楼，历一年零八个月建成，名之玄畅楼"。如果沈约是在公元494年的秋天来到金华的，建楼历时一年零八个月，加上之前熟悉环境、设计等环节，从起意到建成以粗粗两年时间估算，那么沈约登上玄畅楼写下《八咏》秋景的时间正好是公元496年秋天。

新楼建成，沈约迫不及待登上楼去，俯瞰大地，三江之胜尽收眼底，斜光映照在江河之上，一切都如他所愿。高楼上起了凉风，孤独与萧瑟之情涌上心头。

危峰带北阜，高顶发南岑。

中有凌风树，回望川之阴。

涯岸每增减，湍平互浅深。

水流本三派，台高乃四临。

上有离群客，客有慕归心。

落晖映长浦，焕景烛中寻。

云生岭乍黑，日下溪半阴。

信美非吾土，何事不抽簪。

写下著名的《登玄畅楼》的沈约不再是太守，他只是一位孤独的旅人，一个日日想着归去的游子。

沈约出身于门阀士族之家，祖父沈林子为南朝宋征虏将军，父亲沈璞为南朝宋淮南太守。然而，父亲卷入宋文帝元嘉末年皇族斗争被杀，那时的沈约十三岁，随母亲四处流亡，终遇大赦。沈约天资不凡、勤奋刻苦。刘宋时代，成为尚书度支郎；南齐初，为文惠太子萧长懋家令，深受宠信。后来又在竟陵王萧子良门下，成为"竟陵八友"之一。

汤汤远去的江水，如同涌进了沈约的胸怀，在他的胸中波涛翻涌。吟完清新流畅的《登玄畅楼》后，又作五言诗《八咏》：

> 登台望秋月，会圃临春风。
> 岁暮愍衰草，霜来悲落桐。
> 夕行闻夜鹤，晨征听晓鸿。
> 解佩去朝市，被褐守山东。

吟罢，沈约还是觉得意犹未尽，又以《八咏》中的每一句为题，作了八首长诗，就此成为诗歌史上别开生面之作。

《八咏》长诗洋洋洒洒，蔚为大观，共一千八百零三字，一时之间成为绝唱。后人也因此将玄畅楼更名为"八咏楼"。

沈约在诗中运用平上去入四声，注重押韵，对后来诗歌发展产生了深远的影响，特别是促进了唐代律诗的形成。

明代杨慎认为《八咏》"语丽而思深""照映千古"。寥寥数语的《八咏》五言诗，被推崇为"唐五言律之祖"。

木心在《文学回忆录》说道："讲唐诗，要从沈约讲起。"袁行霈在《中国文学史》中说："在永明体产生的过程中，沈约所起的作用是不可忽视的……如果没有四声的发现和永明体的产生，唐代的诗歌恐怕就没有这么辉煌。"

四

不久，沈约回到了南朝的朝堂，参加萧衍密谋自立，并为萧衍拟写即位诏书。萧衍建立梁朝后，沈约任尚书仆射，封建昌县侯，后迁尚书令，领太子少傅。死后谥"隐"，后人也称他为"隐侯"。他留在八咏楼的诗歌成为金华 5 世纪诗的绝唱。八咏楼开启了八婺大地的诗情，开启了光彩夺目的诗歌之旅。

"东阳本是佳山水，何况曾经沈隐侯。化得邦人解吟咏，如今县令亦风流。"几经贬谪的唐代文学家、哲学家刘禹锡有着看破事物本质的慧眼。

李白作《送王屋山人魏万还王屋》时，不知有没有登上楼去，总之留下了诗句："径出梅花桥，双溪纳归潮。落帆金华岸，赤松若可招。沈约八咏楼，城西孤岩峣。岩峣四荒外，旷望群川会。云卷天地开，波连浙西大。"

在岳阳楼写下"昔人已乘黄鹤去，此地空余黄鹤楼"的崔颢，在一个白云悠悠的日子登临八咏楼，写下《题沈隐侯八咏楼》："梁日东阳守，为楼望越中。绿窗明月在，青史古人空。江静闻山狖，川长数塞鸿。登临白云晚，流恨此遗风。"

五代画僧贯休是兰溪人，早年与诗人韦庄在婺州相识并同登八咏楼。后来贯休与钱镠不和远走他乡，晚年受到了前蜀优待，据说得益于韦庄推荐。贯休和韦庄晚年共同回忆婺州往事，写下《和韦相公话婺州陈事》："昔事堪惆怅，谈玄爱白牛。千场花下醉，一片梦中游。耕避初平石，烧残沈约楼。无因更重到，且副济川舟。"

六百多年过去了，古老的八咏楼正等待一位女词人的到来。

李清照在战乱中趔趔趄趄来到金华，登上楼去，写下"千古风流八咏楼，江山留与后人愁。水通南国三千里，气吞江城十四州"（《题八咏楼》）。从此，古老的城市就有了江城的气势，亘古不息的婺江有了南国大江的胸襟，古楼的诗情在中国文学史上留下了璀璨一页。

夜幕微和，远山如黛，雾霭轻扬，天边升起一轮明月。"月皎皎，皎皎飞明镜。涤风露以孤高，照溪山而清静。协二气之金精，肃万物之西成。卷云衢之点缀，廓天路之澄清……"五十二岁的唐仲友，与月为朋，在八咏楼上吟咏《续八咏》长诗。

此时的唐仲友已走到人生的边缘，岁月和学养已洗去他的轻狂和愤懑。想他这一生，一门四进士，与宰相王淮是姻亲，可谓家门显赫；思想超迈，诗才横溢，"浙东三大家"之一，可谓才华不凡；十八岁中进士，二十四岁中博学鸿词科，可谓前程似锦。却偏偏遇上了朱熹，朱熹连上六疏弹劾时为台州知州的唐仲友，先是说他贪污受贿，嫖宿营妓，后来说他仗势经商、利用金华精良的雕版印刷制造假币。最后，唐仲友被罢官，朱熹辞官在家赋闲五年。唐仲友罢官后回到金华，专心讲学著书，致力于经史百家，创立了说斋学派。唐仲友的《续八咏》共八首，共一千七百七十二字，比沈约的《玄畅楼八咏》少了三十一字。这三十一字，是他对古人的仰望，是他洗去铅华的原貌，是他对故土的赤诚。

元代诗坛领袖赵孟頫登上八咏楼极目远眺是一个秋天，此时的他应该正是人生得意时，山城的秋色让他忘了归意。"山城秋色净朝晖，极目登临未拟归。羽士曾闻辽鹤语，征人又见塞鸿飞。西流二水玻璃合，南去千峰紫翠围。如此山川良不恶，休文何事

不胜衣。"（《东阳八咏楼》）

北宋的欧阳修登临八咏楼是在一个冬雪消融的初春。残雪渐融，春阳向日，彩旗飞舞，旧岁换新，诗人却病而忧伤。"腊雪初销上古台，桑郊向日彩旗开。山横南陌城中见，春逐东风海上来。老去每惊新岁换，病多能便壮心摧。自嗟空有东阳瘦，览物惭无八咏才。"（《残腊》）

朵朵白云过后又是疾风骤雨，人生得意总是伴随着苍凉，只有在经历灾难之后，经历人世无常之时，才能与自然和自我相晤。多少人登上楼去，在天地山河之间，询问存在的意义。

……

据蒋金治《八咏楼》一书统计，自唐至清，提及八咏楼诗作就有百首之多，其中大多是大家之作。

八咏楼上写下的诗歌太过忧伤、苍凉、孤独。当朱元璋和胡大海上楼观察进军路线，朱大典携火绳与子孙部将聚于楼下火药库中引爆殉国，太平天国侍王李世贤登楼检阅太平军，周恩来在楼上慷慨激昂地宣传团结抗战方针的时候，八咏楼转过忧伤的面颊，拂去迷离的眼神，取而代之的是凝重而激昂的家国之情。

五

八咏楼上，放置着沈约漂泊异乡的灵魂；八咏楼东边水井的水，喂养着沈约的驴。沈约经常带他的驴到八咏楼东边的水井中饮水。驴通人性，来得多了，驴就识得了路，认得了事。沈约前来八咏楼视察工程建设的时候，驴就自己到水井边饮水；沈约登楼吟诗的时候，驴又到井边饮水。后来，金华人就用沈约之字，把这口水井取名为"休文井"。八咏楼屡毁屡建，休文井始终讳莫如深，千百年来矢志不渝地守着八咏楼的历史烟云。

汇聚一千五百多年诗情的八咏楼，傲视一方土地，恢宏而隽永，悠远而深邃，它不是千余年的文化标本，而是长流不息的生命之流。高楼之上，江河与诗情相互叩问，江河之水与生命之流彼此融合。人文之美与江河之丽、历史之运融为一体。这高耸的古楼，加上古楼旁的景物，加上楼上的诗人和英雄的人生际遇、生命状态、才情思想，才是八咏楼的立体生命。它是一方时间的聚合，一种感召——在生命之上，有诗情和文学。

八咏楼和八咏楼前的江河大地，被无数古人沉思过、吟咏过、问询过，它多情而思辨，亘古而悠长。"绿窗明月在，青史古人空"，也许我们存在的意义，就在这永恒与眼下，悠长与短暂之间。

/ 北山南水 /

悠悠酒巷

秋日黄昏，我在古子城酒坊巷的宅院和商铺间，在墙砖中、门板上、窗台上、门槛里，闻到了酒的味道，醇厚、悠远……

酒坊巷说是一条老巷，其实是一个历经沧桑的酒窖，酿的酒多了，酿的酒成了传奇，自己也成了一坛酒。

一

巷中有一古井，曰"酒泉井"。我在黄昏的斜光中向井内探看，井径不大，只能容一人一桶取水，井壁上的凤尾蕨长得异常繁茂，井里漫着薄薄的水汽。穿过凤尾蕨和水汽往下细看，井水离地面不过两米的距离。不知道这凤尾蕨已有多少年岁，酿酒师戚寿三在井边取水时扬起的尘土，是不是飞进了井壁的岩缝里，滋养着它们。为酒痴迷的戚寿三取水酿酒时坚毅明亮的眉眼，是不是掉在了这井中，生长出一井的坚毅和明亮。

《酒坊巷》一书中关于酒泉井这样记载："建于宋代，该井为单眼，石构井圈，高 0.38 米，厚 0.11 米，内径 0.41 米。井内圆形，井壁用方石垒砌而成，深约 12 米。水质清澈，井泉虽遇大旱仍不竭，居民多取以为酿。"

酿酒师戚寿三（1345—1418）来到酒坊巷酿酒是在明朝初年，

在他来到酒坊巷前，酒坊巷不叫酒坊巷，叫铜齐巷。不知道戚寿三是因为什么样的机缘来到这巷中，取巷中水井的水酿酒，酿出来的酒味甘醇厚，香味弥漫了整条巷子。闻过酒香的人四处奔走，酒香又随着风四处飘荡。后来，不管是闻过酒香的人还是闻过酒香故事的人，都来到了酒坊巷。再后来，越来越多的酿酒师也来到了这条巷，开了酒坊或酒肆。再再后来，大家索性把这条巷叫作"酒坊巷"，把巷中的水井命名为"酒泉井"。

水为酒之血。戚寿三酿的酒味甘醇厚，因为用的水是酒泉井的水。宋代田锡《曲本草》云："东阳酒（金华古称东阳），其水最佳，称之重于他水，其酒自古擅名……因其水好，竞造薄酒，味虽少酸，一种清香远达，入门就闻，虽邻邑所造，俱不然也。"金华"三面环山夹一川，盆地错落涵三江"，溪水过岩石，滤砂砾，过滤了杂质，溶入了丰富的矿物质，正适合酿造清醇佳酿。

古井宁静而深邃，藏着一片最灵秀的山河。

二

戚寿三取酒泉井的水酿酒，他酿酒的方子有着九千年历史。

我穿越九千年的光阴，遥望在如今叫作义乌桥头村的地方，先民们伴水而居，在水边种植了成片的稻田。在一个与千千万万个日子没有什么不同的日子里，他们发现弃之无用的米饭"腐化"生成了一种特殊的液体，其颜色透亮，味道甘醇，惊喜万分。一个植物生命体的结束可以在另外一种液体的生命体中再生，这是一个多么伟大而让人惊喜的发现。这种液体后来被称为酒。

同样在一个平常得不能再平常的日子里，他们又发现了一种红色的泥土，用火烧制后会形成坚硬的器具，色泽艳丽，如同美丽的朝霞，远古的陶就这样诞生了。

先民们不仅用陶存放水和食物，也用之存放酒。

这个远古的秘密，是浙江省文物考古研究所在上山文化的桥头遗址中发现的，发现时间是 2014 年 9 月。这个发现惊讶了世人——先民们制作的红陶，可能是迄今为止世界上发现最早的彩陶；红陶里发现的"酒"，可能是迄今为止世界上发现最早的酒，婺州大地可能是世界上最早酿酒的地方。

这一远古的秘密惊讶了世人，惊讶之后有种恍惚，九千年，是多长时间，时间实在太过遥远，遥远得不像真实。它是不是《海奥华预言》中宇宙力量故意放置地球的文明——人世间愁苦太多，需要有酒灌注愁肠；人世间的苦难太深，欢乐的时候需要酒为之酣畅。

这些事情，戚寿三一无所知，他只管酿酒。在酿酒师的眼里，没有过去与未来，他只在意眼下的光阴，只在意酿酒所需要的节气和时间。

三

冬至过后，八婺大地上村村户户的百姓开始酿酒。百姓开始酿酒，戚寿三也开始酿酒。戚寿三在酒坊巷酿酒之前，金华酒已负盛名，原以糯米、白蓼曲酿造白醪酒，唐中叶以后，红曲传至金华，便开始酿造红曲酒。戚寿三决心把民间广为流传的白醪酒和红曲酒进行融合，酿出一种从未有过的酒。

没有人知道，戚寿三在酿酒的过程中经历了什么。他应该在冬至过后造好了曲。他用金华特产的纯双糯糯米为原料，取酒泉井的冬水，用红曲、白曲发酵，用"喂饭法"分缸酿制，然后灌坛储藏一年左右。整个过程中，要经过数十道工序，每道工序随气候和酿造情况的变化及时调整。

戚寿三最终酿成的酒，果然自成一派——酒色橙黄清亮，如同琥珀，口味醇厚，既有红曲酒的色和味，又有白曲酒的香和美，沁人心脾，余味无穷。双曲酒是酒中的精灵，它的诞生，在世界酿酒史上具有里程碑式的深远意义。这些戚寿三也不知，他只管酿酒，也对自己酿的酒有信心。后来，双曲酒经后人继续改良，取名为寿生酒。

明代王世贞在《酒品前后二十绝》中提到"金华酒，色如金，味甘而性纯"。1915 年，金华寿生酒参加巴拿马万国博览会，荣获金奖。1963 年，在全国第二届评酒会上，寿生酒被评为全国优质酒，获银质奖章。

四

戚寿三在酒坊巷酿出了寿生酒，其他酿酒师酿出了陈甘生酒和双酘酒——叫什么酒都行，总之在八婺大地上酿制的酒都叫金华酒。因为酒坊巷，金华酒的名字随着舟楫流传于大江南北。

戚寿三选择在酒坊巷酿酒，可能出于某一种机缘，也可能源于一位酿酒师的战略性选择。

资料记载，金华水上航运在唐代就十分发达，至南宋更为繁荣。宋时浙江有五个造船场，婺州就有一个，传说宋真宗下诏书打造漕运船，其中婺州被指定建造一百零五艘之多。明朝时，金华府被称为"上八府"。至清代，金华的水运已十分发达。

古子城位于金华最繁华之地，酒坊巷位于古子城的核心。与各水陆码头相邻，义乌江和武义江在古子城畔汇合，婺江与衢江在兰江聚合，顺流下富春江而汇钱塘，顺运河北上。

酒坊巷的酒，封存于酒坛之中，被搬到江边的码头，搭上各种各样的船只，穿行在婺江、衢江、兰江、新安江、富春江、钱塘江、运河之上，它们最大的可能是顺水而下，来到自古繁华的钱塘江畔，也有可能在江水汇聚之地拐个方向，来到江流流经的任何一座城市。酿自八婺大地的错认水、瀫溪春、东阳酒、白字酒、三白酒、顶陈酒，也从码头被搬上舟楫，来到各富庶之地。被摆上节日的饭桌、文化人的雅集，出现在朋友的相聚与别离时、他乡旅人的孤独寒夜里……

《武林旧事》记载，金华酒（即东阳酒）在南宋时期就扬名京都。南宋建都临安（今杭州），大批的官宦、贵族、商贾云集杭州，酒的销量很高，由于北方战乱，交通不利，"北白南黄"（北方人饮白酒，南方人饮黄酒）的饮酒格局被打破了，西湖游宴自然以南酒为主，而金华酒得益于舟楫之便，盛行于京都。

清人刘廷玑在他的《在园杂志》中写道："京师馈遗，必开南酒为贵重，如惠泉酒……绍兴酒、金华酒。"金华酒不仅盛名在外，而且是唐宋元明贵族享用的高档酒。

《酒坊巷》记载，北宋熙宁年间（1068—1077），金华的酒课已高达三十万贯以上。南宋绍兴二十四年（1154），金华县酒课、酒务租额两千两百六十四贯一百二十五文。元代元贞二年（1296），金华酒课中统钞一千五百五十三锭三十五两二分二厘。

戚寿三长什么样子，没有人知道，史料中也找不到对他样貌的记载。想来，他就是一个百姓的样子，他走入百姓之中，就再也找不到了。

五

酒坊巷开过多少酒肆，酿过多少酒，来过多少人已不得而知。但很多喝过金华酒的文人都留下了文字。

"独醒坐看儿孙醉，虚负东阳酒担来。""一榼兰溪自献酬，徂年不肯为人留。"在人间活得清醒而深情的南宋诗人陆游需要酒，他与东阳酒有着不解之缘。

元代诗人张雨夜遇风雨独宿寒厅，却因为有金华酒，独寒的际遇变得美好："鹤台道民掩柴扃，雁门才子宿寒厅。恰有金华一樽酒，且置茅家双玉瓶。"

"菊花开，正归来……有洞庭柑，东阳酒，西湖蟹。"对于元代戏曲作家马致远来说，东阳酒与洞庭柑橘和西湖螃蟹一样，都是人间尤物。

……

难怪明代弘治末年流传这样一副对联："杜诗颜字金华酒，海味围棋左传文。"风雅金华酒，其风流遗韵，已与杜甫的诗、颜真卿的字、左氏的文章相提并论。

在酒坊巷西南侧，曾经挖掘出古婺州窑遗址。窑中烧制青瓷、黑釉、褐釉，多为酒瓶、酒具。在历史长河中，先人们早就把盛酒的器具由陶器换成了瓷器，创造了包括盛酒、温酒、注酒、饮酒功能的酒具，如罐、瓿（早期酒瓮）、樽、盉（古代温酒器）、壶、杯、盏等。

六

我怀疑，不知年代的一颗酵母留在这古老的酒坊巷中，在数百年的光阴中不断发酵，在历史的长河中散发出迷人的人文幽香。

酒坊巷两旁的宅院和店铺的灯光，在暮色中次第亮起。这些古老的建筑，因注入了新的时代气息而有了新的生命。我走在巷陌之中，如同走在浩瀚的历史中，涌上空寂与苍茫之感。

这里曾经承载过多少先贤学人的人生，承载过多少赶考学子的梦想，承载过多少抗日将军的稳健步履和革命志士的满腔热血，已无法细数。

吕祖谦的曾祖父吕好问举家南渡，住在将军路，后来，这个家族在酒坊巷西侧建起吕成公祠。李清照在战乱中涉富春江而上，寄居酒坊巷一位陈姓人家。童年时在酒坊巷外婆家玩耍的情景，黄宾虹在他晚年时仍然记忆犹新……

这里曾经商旅云集、商肆林立，丝绸业、手工业、酿酒业、茶业兴旺繁荣，是金华城最早的经济与文化的发源地。

如今，酒坊巷中仍有邵飘萍故居、英士大学图书馆旧址、《浙江潮》旧址、台湾义勇队纪念馆、李友邦将军办公处等数十处名人故居、考寓、民居、商铺与庙宇。

暮色中，我走在酒坊巷的青石板上，一阵凉风吹来，片片叶子在风中飘落，晃晃悠悠画下许多悠长的之字形虚无之线。一片叶子落在我的脚边，我拾起，是红色的樟树叶，我用两个拇指合执着红樟叶立在风中，如执一杯盛满记忆的酒迎风而立。这条古老的巷陌，锁着近千年的繁华，折射着九千年的远古文明，无处不是沧桑之美。任何形式的繁华终成一梦，但这片土地对文明的近万年叩问和穷工竭技，从未消逝。

小码头

一

1935年秋，金华小码头陈日兴饭店的东家陈义怀凌晨四点就起床了，店里要烧制数量不少的早餐和中餐，虽然有一批伙计，但许多事情还是需要他亲自安排，况且，正值而立之年的他掌管饭店还不久。

天还没有亮，陈义怀朝码头上看了一眼，贩木材毛竹、米面、虾鱼的小商贩已经把船停靠在小码头上，从钱塘江溯源而上的航船也已来到码头，工人正在搬运。他又朝婺江边的那一片店铺看去，半数以上已亮起了灯。小码头，已早于大地从睡梦中醒来。

陈义怀十岁就跟着父亲在这里开饭店，数十年过去，一切对他而言早已成为习惯。他安排伙计用昨日烧煮米饭留存的数量不少的饭汤和面，烤烧饼、炸油条、蒸馒头包子；安排伙计磨上豆浆，准备配料。他知道，再过不久，到小码头来卖小猪的，粜米豆的，卖鸡蛋、红糖的乡民就会一批接着一批，小码头很快就会热闹成一片。水声、划船声、说话声、牲口的叫声、搬运货物的声音，繁盛非凡。到早上六七点钟，他的饭店也会热闹成一片。

陈日兴饭店早餐独特的米麦香味一早便弥漫在小码头上，勾诱着辘辘饥肠。陆陆续续有人走进店来，饭店很快热闹起来，拥挤起来。蓬松富有弹性的馒头包子、香脆的油条烧饼摆到顾客面前，散发着阵阵香味，顾客的脸上总会露出满意的微笑。质地浓厚的豆浆，也总是让客人由衷地赞叹。"豆浆中放有榨菜丁、油条的碎丁，加上酱油，撒上绿色的葱花，那个香啊！"我的同事王胜权从小在小码头边长大，说起小时候喝过的陈日兴饭店的豆浆，眉眼里都是怀念。

每每这个时候，陈义怀总是在柜台前站着，一边协调着大小事务，一边看着顾客们的笑脸，对他而言，这些笑脸抵得过人间最美的景色，是一颗朴实的心照见了一颗颗朴实的心。

小码头在两江交汇之地往西不远，旁边为通济桥。汇合后的婺江之水，下兰江、入钱塘，向东流入东海，北上运河。金华作为南方内陆的重要交通枢纽，来自山野的舟楫在两岸的鸟鸣声中顺水而下，来自钱塘江、富春江的航船逆水而来。船帆、货物、人流在小码头汇聚，帆樯如林、百货山积、人潮如涌……

二

陈义怀喜欢这里的热闹，总是人潮如涌，这也是他和父亲当初毫不犹豫选择在这里创业的原因。

小码头的繁华区域，主要集中在通济桥北端以东沿江百米的区域内。沿江有一条小街，街边两排老式排门的店铺，另有一排靠江的店铺，部分悬空在江中，下面用一根根木柱子支撑着。

这些老式的排门店铺里，有南货店、杂货店、农具店、竹器店和铁匠铺，卖的都是百姓的生产用具和特殊物资，可能还有从丝绸之路辗转至此的核桃等食品；有糕饼店，卖的是当地人拜年送礼或待客的糕点，如红回回、寸金糖、油金枣等；有美食小吃店，卖的是福建羹、牛杂汤、烧饼油条、包子馒头、酥饼，应有尽有。卖完货物的乡民，总会来到这里，置办点农具，带点送礼待客或孩子们想了许久的糕点。

此外就是茶店、酒店和饭店了。

忙了一个早晨的乡民、小商贩、捎客们吃过早饭，一头扎进茶店，找个位置坐定，泡上一杯价格不贵的绿茶，慢慢地喝着，再点上自己制作的旱烟，真如神仙一般。也有还没吃上早饭的，从旁边的小吃摊买来烧饼裹油条，咬一口饼，呷一口茶，心里说不上的舒坦。满足地喝着茶、吸着旱烟，与认识的和不认识的茶客聊聊眼下的菜价、今年的收成以及街头巷尾的新闻八卦。闲聊中，店内的人渐渐地多起来，热闹起来，但并不喧嚣。

长条形的板桌、板凳摆放在店堂，店门口置一只柴火灶，烧着开水，灶的上头有棚盖着，可挡风遮雨。茶店的陈设大致相同，茶店有七八家，几家靠江，几家在靠江店面的对面，不经意间形成了一个茶市。规模效应也带来更多人流，从早上到深夜，几乎每家店都是茶客满座，门庭若市。

据说，到了晚上，茶店又有另一番热闹场景。这家茶店里有说书人醒木一敲开始说书，对面的茶店道情筒敲得嘭嘭响，隔壁店的艺人开始卖唱……茶客们根据自己的嗜好，选择不同的茶店，呷着茶，吸着烟，听古论今，回味台上戏中人物的悲欢离合，想着自己的人生。

茶店的旁边就是自由农贸市场。两个区域紧紧挨着，一边忙碌，一边休闲，一张一弛，恰似两种不同的生活状态。

酒店与茶店不同，这里显然更加热闹欢腾。酒店卖的酒，是本地产的黄酒和农家制作的米酒。急着赶路的顾客站在柜台边，要上一大碗黄酒，加一只酥饼，一边与旁边的人闲聊，一边喝着，此刻即便有再重要的事情要忙，酒还是要一口一口喝。酒喝完了，头一仰，将手掌中最后一点酥饼碎末倒进嘴里，在掌柜的"宽慢"（金华话"慢走"之意）声中跨出门去。坐着喝酒的大都是年轻人，聚成一桌，喝着喝着就高声划起拳来："钱福寿啊，福寿钱啊，两相情愿，四季发财，八仙过海，十全大利。"划着划着，也许会高声争吵起来，但马上会被旁边的人劝歇。酒楼里也多数是进城卖菜的、卖山货的、卖粮食的乡民，卖完东西喝口酒，认识和不认识的坐在一起天南海北神侃几句，交几个朋友，人生也就没有那么沉闷了。

据说，站在通济桥上远看小码头的街铺，像极了沈从文笔下凤凰城里的吊脚楼，有老旧的房屋与古老的石阶，有穿蓑衣的船夫与洗衣服的女人，以及这片土地濡养的温暖。

三

事实上，小码头最为热闹的是自由农贸市场，这个市场连着千家万户的生存和烟火，有着非常蓬勃旺盛的生命力，也是当时整个华东地区最大的粮油食品贸易市场。

市场上，有农民自己种的晚稻米，自家种的小麦碾成的面粉，自家种的经民间榨油匠人榨的菜籽油、茶油，有花生、鸡蛋、红糖、玉米、大豆、番薯、淀粉等；有农民自己养的鸡鸭鱼；有农民自己种的刚刚从地里拔出的各种各样的当季蔬菜；此外，还有山上野生的蘑菇，水里野生的甲鱼、螃蟹等。

来到这里巣卖东西的乡民，大多数人大半生都埋头耕种，他们把种出来的东西拿到市场上卖，有时候是换些酱油、肥皂之类的日常用品，但常常是有原因的，可能是到了孩子上学的时候，家里有人生病了，或是快到新年了。他们心中有一副算盘，在一些关键的时间点把自种的东西拿到市场上换钱，熬过生活中一个又一个坎。我们不会知道，那商品后面，藏着一个如何着急而神圣的使命，可能是一个正在发烧的孩子等着医治，一个劳累了大半生的中年人等着营养，一次外出的生计等着车票，一个想了又想的愿望等着圆上……落在一个家庭一个人身上的霜雪，我们不能全部看见，这片土地上的百姓，早已习惯了在自己的生命中倔强地过冬。

我对小码头深怀敬意，这个曾经日日繁荣的自由市场，它曾经接上了多少人家的烟火，连上了多少孩子的人生，续上了多少人的生计……它救助了无数生灵，也为无数生灵所怀念。

四

陈义怀了解码头上来往的人群，他们除了进城的乡民，还有码头的装卸工人、做生意的小商贩。他深知他们生计的不易，知道他们中不同人群的所需所求。其实，他也是他们中的一员，都用自己的双手努力地改变自己的命运。

陈义怀常会想起自己的少年时期，从义乌贩来整船的黄酒放在饭店中销售的情景，那时运酒的船只就停在小码头的边上。想到自己年少时初生牛犊不怕虎的胆气，他的嘴角总会露出浅浅一笑。如今，他要安抚好小码头上人们的胃，这是他的生计，也是他的人生。

陈日兴饭店每日必烧的菜，是雪菜滚豆腐，进店的顾客只需五分钱就可以吃上一碗雪菜滚豆腐和一大碗米饭，美味且饱腹。

如果愿意多花几分钱，陈日兴饭店有鱼冻和肉冻。这些冻制的食材价格不高，烧制却是十分讲究的。鱼冻的主要食材，是每日从鱼贩子那里批购的当日从婺江上捕捞上来的鲍头鱼，配上佐料烧煮后，将带有鱼肉的汤放入一个大陶罐中，冷却成冻。肉冻的食材，则取自金华两头乌的猪肉，这两头乌的猪肉品质上乘，烧煮成汤，待冷却成冻，也是无比美味。陈义怀配制的冻制菜品，价低味好又营养，成为小码头脍炙人口的名菜。

若是朋友小聚，或是外地的客商，陈日兴饭店也有各种小炒，炒三鲜、鱼块都是为人称道的，新鲜美味，价格低廉。

陈日兴饭店的二楼还有供旅客住宿的几间大房间，每个房间有七八张床，四五十个床位。虽说房间设备十分简陋，但房间倚着婺江的双溪之水，窗外三江六岸美景尽收眼底。到了炎热的夏天，清风徐来，畔水而眠，仍是人生美事。因此，陈日兴饭店的客房总是客满，甚至一床难求。

百姓传说，明太祖朱元璋沿京杭大运河下江南时，也曾在陈日兴饭庄下榻。

五

小码头的历史源远流长，自古以来便是金华人去往远方的离岸之地，外地人来到金华的着陆之点。唐朝时期，李白来过这里，他是来见着京兆韦参军的职衔的朋友的，他应该是从兰溪逆水而来，他立于船头，双手别于身后，迎风遥望金华这座城市，和着船行的水声吟咏："潮水还归海，流人却到吴。相逢问愁苦，泪尽日南珠。闻说金华渡，东连五百滩。"李白留下的诗句，佐证着金华航运在盛唐之时的繁荣景象。

李清照曾来金华避难，她写道："只恐双溪舴艋舟，载不动许多愁。"通过李清照的视野，我们似乎看到两江交汇之地舴艋舟汇集的场景。舴艋，小蝗也，小舟也。因为李清照，舴艋舟成为婺江水上永恒的航行符号。

公元1636年，五十一岁的徐霞客开始了一生中时间最长、行程最远的"万里遐征"。这一年十月初八，他从兰溪沿水路而来，在小码头上岸，游览古城后经罗店、智者寺登上金华山顶，考察了他向往已久的"金华三洞"。

各个剧种的戏班子、剧作家登上小码头，在这里以戏会友、切磋技艺。高腔、昆腔、乱弹、徽戏、滩簧、时调等剧种彼此交融，久而久之，婺剧逐渐融合了流行于金衢一带及其周边地区的六大声腔剧种，获得了新生。

小码头凭借宽阔豪迈的水系，帆影重重点点，古桥斜影悠悠，岸上青翠的芦苇簇簇，江畔烟火袅袅……这里聚集了这片土地的风物、风味、风俗、风情、风貌，来自五湖四海的风流雅士于此登台交流，无数文人墨客在此寄情抒怀，无数商贾掮客在此推杯换盏，一批批游人接踵而来……

小码头上，喧闹的人声和往来的船只将城市唤醒，这个连接着八婺大地家家户户的小小码头，也通过四通八达的水路系统，通过钱塘江、运河走向更为辽阔的海域。且不说瓷器、茶叶等金华特产通过水路和海上丝绸之路远销海外，只说金华火腿，得益于小码头的航运，在元明时期就已名声在外，甚至在明代被官府列入贡品。相传，元朝时期，马可·波罗将火腿的制作方法传至欧洲，成为欧洲火腿的起源。如今的意大利米兰火腿，便具有中国传统火腿的特色。清朝，金华火腿为贵族世家所青睐，"火腿炖肘子""火腿鲜笋汤"等许多与金华火腿相关的菜肴就多次出现在

《红楼梦》中。

小码头特殊的地理位置凝聚着包容兼合的力量，也凝结成这座城市特有的悠远、宁静、质朴、精致、温暖的城市情怀。

六

不惑之年，陈义怀靠酒店积累了雄厚的资金，成为小码头上的商业巨头，他将酒店旧房拆除，新盖七间二层楼。新饭店于1945年落成，又逢儿子出生，双喜临门，他给儿子取名为"观成"。小码头上的陈日兴饭店，是陈义怀的一生。如今，陈日兴饭店早已不在。随着陆上交通的发达，小码头于二十世纪末完成了它的使命，退出了历史的舞台。

无数岁月如婺江的波涛般无声淹没、消散无痕。但小码头的往事仍在眼前，在百姓的交谈中，在老人的怀念里，在一个个约定俗成的地名里，记在历史的文字里，藏进一道美食、一间老字号里。它留给这片土地宽阔的胸怀，四季缭绕的烟火……

"不唱东来不唱西，各位看官听仔细啊；都说民以食为天，不懂吃喝枉一生啊；我家前世修得好，投生金华好地方啊；一年三百六十五，金华美食道不尽啊；一月馒头配扣肉，二月年糕步步高啊；三月清明粿飘香，四月乌饭暖心肠啊；五月端午裹粽子，六月麻糍粘下巴啊；七月荷叶童子鸡，八月螃蟹爬上窗啊；九月螺蛳吃满仓，十月泥鳅钻豆腐啊；十一梅菜晒满院，十二火腿撑肚皮啊……"金华的古老传播艺术道情，道尽了这片土地的四季烟火。虽然小码头所有有形事物已成为虚空，但它仍然存在于微亮的熹光中，黄昏的街巷里。

昔日喧嚣的小码头，如今已被一条整齐的江岸取代，一个石牌坊立在岸边，上面刻着李白的诗"落帆金华岸，赤松若可招"，纪念一个远去的时代。我立在江边，看江水西去思绪万千，小码头是过去的交通慢时光给予人们的珍贵礼物。乡民来一趟小码头，可能要一个整天，还要连着一个凌晨和一个黑夜，因为缓慢，就有了过程和过程中的故事，有了仪式和仪式的美好。我们走得快，不只是得到了更多，也失去了更多。时代的发展不会停步，我们常常甘愿做往事的囚徒。

七

不知是怎样的机缘，我在金华两江交汇处的婺江北岸成了一名图书馆守藏者，我守着典籍，也慢慢熟悉江北这片土地。江北区域大多数是金华土生土长的居民，这里收藏着这座城市最古老的记忆，也是这座城市最具烟火气的地方。

有时候，我沿着江边步行约五分钟，到新建的百米之外的小码头市场吃一碗汤溪面。这是一家非常朴素的面馆，一间店铺，五六张四方小木桌，从我近半年偶尔前往的观察来看，这些小木桌在饭点的时候几乎没有断过人。年老的，青春飞扬的，童稚的，我还碰到过垂暮的老者来完成一个心愿，拖着婴儿车的奶奶早早在此等候……这家小店的面条味道醇厚，每一碗面都是单火烧制，有了足够的火候，也就有了浸入之味。面条的价格也不贵，普通的肉丝汤面，也就十元钱。小店没有特别的招牌，却已有着三十年历史。我每次来这里吃面，都如同穿越在一条悠长的历史隧道中，置身于小码头曾经的喧闹和烟火之中，有一种融于这片土地的踏实感。

新建的小码头市场，如同一个远去时代的剪影，一如小码头的朴实无华。规模不大，所卖商品有竹椅、竹篮、蒸笼、锅刷、鸡笼、地膜、菜籽、菜苗、农药，铁皮烟囱、煤饼炉、铁锅、铁钳、铁铲，红豆、黑豆、小米、花生、莲子、枸杞……总之，过日子所需要的一切家什这里都有，唯独没有铺张浪费、骄横奢侈，这里似乎拂去了人生的所有浮华，只有返璞归真的真挚与朴素。

在这座城市里，我在不知巷名不知名字的老店里吃过福建羹，在一位叫陈国友的诗人的美食店里吃过牛杂粉，不知道在什么时候爱上了烧饼裹油条，经常去四牌楼一个叫"董裕成号"的老字号店铺购买一种叫"红回回"的糕点……只是这些散落于街巷中、有着历史余温的美食，就足以让我沉浸于缠绵的暖意中。过去的时光似乎在顾盼着我们的日子，在许多不经意的时候，突然呈现在我们的眼前，无比妥帖，温润身心。一如拉美作家爱德华多·加莱亚诺说，过去的时光仍持续在今日的时光内部滴答作响。

考寓群

一

　　清嘉庆年间，大约公元 1803 年前后，元宵节刚刚过去，永康后吴商贾子弟吴文武就收拾赶考的行囊，准备前往金华参加府试。他的心情有些雀跃，雀跃中又有几分担忧，于农历四月举行的府试，对他而言，无疑是一场人生的大考。

　　吴文武，天资聪慧，成绩优异，在此之前，他已通过了县试，此次到金华参加府试，他成竹在胸。吴氏家族也在他身上寄予科考的期盼。

　　吴家安排经验丰富、经常往来于永康与金华的仆从跟随，再三叮嘱路上的行程和注意事项，把吴文武送到村口，看着他的身影消失在道路的拐角处。吴文武如一只脱笼的小鹿，投入通往金华的山道中，投入春日的山野和村庄中。永康后吴离金华不算太远，吴文武和他的随从只用了两天的脚程就来到了金华。吴文武作为永康籍前往金华府试的考生，住进了金华的永康考寓。

　　永康考寓是永康官府专门为永康考生备考所建，建于明末清初，不算很旧。

　　古时交通缓慢，学子赶考往往要提前数月从家里出发，进京赶考甚至要提前一年甚至更长时间，这是一笔不小的开支，到达考试地后，较长时间的吃、住、行，又是一笔开销，对于贫困子弟而言，是一笔不能承受的巨资。而这些学子又是社会最有潜力的资源，学子中随时可能冒出秀才、举人、进士，甚至是状元、榜眼、探花，成为朝廷官员，升任高官。为此，各地府衙就在各考试点为考生修建考寓、试馆，各族宗亲、乡绅也纷纷捐资修建，为学子提供安身备考之便。永康考寓便是其中一所。

永康考寓的大门两侧立着旗杆石，吴文武一眼就看到了门额上的"永康考寓""永邑遗风"匾额，心中涌上一种异地见故乡的异样情感。门廊有挡墙，吴文武恭恭敬敬从右侧旁门进去，抬眼就看到了供奉的孔子画像，他上前恭敬地拜了三拜。一转身发现自己置身于一个天井中，天井前是一个中厅，此时西落的太阳照进天井，照进中厅，中厅粗大柱子的黑色影子印在地上，黑色的影子与明亮的太阳光形成对比，整个空间有着无声的肃穆，肃穆中又有温暖。中厅是这所建筑的主体，再往里又是一个天井，天井后有几步阶梯，上面是地势稍高的"先贤祠"，供奉着"魁星""文昌"和"关公"。建筑的东西两侧有厢房各三间，进深较浅，光照充裕，正适合读书备考。

永康考寓的工作人员安排吴文武在厢房中住下，才知考寓内已有多名同乡考生早他而来。虽然他们在考前考后会有几个月时间在一起，但好交友的吴文武放下行李，就过去与他们一一见面，与这些考生很快熟了起来。

二

在永康考寓住下第二天，吴文武与同乡考生一起出了考寓，他们先到与永康考寓一墙之隔的试士院前，这个对学子而言无比神圣的地方，吴文武等探查一番后，在门前深深鞠了一躬。他们在古子城转了转，很快发现，围绕着试士院分布着各种各样的考寓和试馆，这些考寓和试馆内，都已有许多学子从各地赶来。

吴文武虽然稚气未脱，但性格外向，慷慨好义，因为同乡、家族、亲戚等各种各样的关系，很快结交了很多朋友，起初很有礼貌地互相介绍，很快就嬉戏玩闹在一起。

有人说起了宁采臣的故事，说他前来金华赶考遇上了聂小倩。穷书生宁采臣没有考寓可住，旅馆太贵又住不起，只好住在附近的寺庙里，据说宁采臣寄居的兰若寺就是太史第东侧的永福寺。永福寺离他们只有数百米之遥，是古子城的一部分。宁采臣与聂小倩的故事，已在坊间流传了许多年，也在考生们中流传了很多年。"吴兄，永康考寓离永福寺最近，你可要当心，聂小倩可能晚上也会来找你。""哈哈，如果她来，我就陪她去战黑山老妖。""宁兄要当富贵版宁采臣吗?""哈哈!""哈哈哈哈!"

也有人提起了太史第，说这么多的考寓汇聚于此，不仅因为古子城曾为金华历代的政府办公之地，另外还有一个原因就是太史第。

五代末年，潘姓家族为躲避战乱从陕西迁到浙江，其中一支在婺州繁衍，住于太史第。传到潘祖仁这一代，生有六子一女，虽然家中清贫，却志存高远、胸怀家国、读书成风。北宋政和五年（1115），二子潘良贵进士及第，自此之后，潘家的进士就一个接着一个，据不完全统计，仅在宋明两代，潘家就有进士八位，官员数十人。

太史第总是锣鼓喧天、笙箫齐鸣，金榜题名的喜庆和肃穆吸引过无数人的目光，激荡过无数人藏于心底的梦想。太史第南边，是古城最繁华的酒坊巷，巷内酒香弥漫，人流稠密。酒坊巷喧闹了数百年，太史第金榜题名的锣鼓也响了数百年。南边，是百姓的生计和烟火；北边，是百姓的梦想和星空。

宋高宗也对潘祖仁大加表扬："韬光自晦，守道安时，积其庆源，克生贤子，躬全才德，名列缙绅。"潘祖仁的家风一时被士人效仿，一度成为家族教育的标杆。后人敬仰潘氏家族的家风，将太史第视为读书成才的风水宝地，数百年来，在周边建造了一座又一座考寓。

学子们听完太史第的故事，敬慕、感慨一番，各自回到考寓、试馆中备考。毕竟，再锦绣的前程，也要从脚下起步。

三

时间转眼到了四月，到了放榜的时间，吴文武的名字赫然在列。吴文武的脸上洋溢着阳光般的神采，与上榜的朋友约好院试时再见。

是的，府试通过者便可参加院试，院试录取者即为"秀才"。不久，吴文武又在院试中取得优异成绩，成为"吴秀才"，进入了士大夫阶层，可免除差徭，见知县可不跪，不能随便对其用刑。

嘉庆十四年（1809），吴文武考授州同知，雅称司马，位阶约为正五品，佐理知府之盐政，缉捕盗匪，海防等行政事宜。

《司马绣屏公暨孺人张氏行传》记载，吴文武平生好友，天成才干，待人和善且多义举，深受闾里称颂。任州司马期间，因赈济灾民，办事勤恳，道台赠匾"扶困济危"，予以表彰。

后来，吴文武在后吴老家建造了私人宅第"司马第"。"司马第"是后吴古村最有排场的一处建筑，占地一千平方米，三进二天井，南大门处有一围墙，庭院入口建有重门。整座宅院坐北朝南，呈长方形四合院式，二十九间考究的木结构房子在同一纵线上整齐排开，气势恢宏，村民们称此建筑为"廿九间"。

我曾不止一次走进司马第，庭院的正南门上方是醒目的石刻"司马第"，天井过后宅院二门门额题"仰瞻山斗"，左右门额分别为"书府""墨林"，吴文武把对教育的重视，刻在司马第建筑的最显眼处。

吴文武有七个儿子，他们都曾如父亲一样前往金华赶考，在永康考寓居住，先后考中秀才、举人、进士。

吴仪庭是吴文武的子孙中的一个，生于清嘉庆十二年（1807），四十七岁时考取进士并候选儒学训导。他本来生有四子四女，后来妻子和三个儿子在太平天国运动中殒命。吴仪庭年近六旬时娶了一位小自己三十二岁的章氏为继室，生了三子一女，大儿子名邦定，乳名"阿迟"，意为迟来得子。

阿迟从小得到很好的教育，与他的先祖吴文武和父亲吴仪庭一样，到金华赶考。阿迟到金华赶考的时候，没有住在永康考寓，而是住进了太史第斜对面的"永邑吴家试馆"。这座试馆由后吴吴氏与族亲厚唐吴氏共同购置于清光绪七年（1881），为吴家族孙在金华考试时歇息、复习专属之所。吴家试馆占地五百余平方米，里面有祖先堂、课堂、厢房、菜园等。现址为酒坊巷223号，石刻如新，但大门紧闭，从门缝往里看，房舍已经破败，部分已经倒塌。

后来，阿迟被授为州同知，再后来从商，租田放佃、腌制火腿。阿迟腌制的火腿质量上乘，生意做得十分红火，"阿迟火腿"称著一方。关于阿迟火腿，代代口口相传，留下来许多故事为人津津乐道。比如说那时候每天都有数十甚至上百人组成阿迟火腿的挑夫队送火腿到金华，挑往金华的是火腿，挑回来的是满箩筐的银圆。

四

永康后吴吴文武和他的子孙，在科举制度下接力书写着一个家族的发展史。一代又一代人走进永康考寓及吴家试馆，参加一次又一次考试，很多人成为秀才，一些人成为举人，少数人成为进士，他们当中的大部分人，可能在中途的任何一次考试中停下来，人生拐向另外一条路。

后吴村不仅是一个古老的村落，也是一个古老的市场，沿街有许多老店铺，古老的结构、古旧的木板门，店铺上面或旁边的"裕兴典当""涌泰酒坊""同仁堂号""振济堂""协和商店"等字号的名字已经漫漶，但仍然可辨。老村落中无处不在的蛛丝马迹，可以看见这里曾经的繁华。然而，这些老字号的繁华与祠堂中所陈列的子孙科考为仕的荣耀相比，又黯然失色。

古往今来，"学得文武艺，货与帝王家"是所有家族对子孙最大的期待。官宦之家，希望儿孙代代进士进朝为官；商贾之家，办私塾建考寓，殷殷期待家族子孙科考及第。

在吴家购置吴家试馆前后，金华古子城已聚集了众多考寓和试馆。位于古子城八咏路188号的"徐家古里"，就是其中较为引人注目的考寓。考寓临街，石库门，门额上刻"徐家古里""金永武徐氏后裔"和"建于道光年"等字样。这是一个白墙黛瓦的二层庭院，清朝，来自金、永、武等县的徐氏族人就在此居住备考。这里，承载过徐家家族对科考的希冀，留下过徐氏子孙的成败悲喜。现在的"徐家古里"是一家茶馆。

酒坊巷80号湘岩试馆也临街,门额石刻"湘岩试馆",宅院坐西朝东,院中有一四方形天井,周围共有十个房间。资料记载,这所试馆为兰溪祝裕隆修建。

《金华古城文化考略》记载,围绕试士院,原将军路、八咏路、酒坊巷一带曾遍布考寓、试馆。其中规模较大的有东阳丁家试院、汤溪××考寓、东阳程家试馆、永康古山考寓、东阳花溪考寓、永康芝英考寓、××金家试院、××岭军试馆、××郑家试馆、××蒋家试馆等,另有由乡绅和县衙出资专供贫困考生居住的浦江浦阳公所、婺州公所等。共有大小规模不等的考寓、试馆达三十多处,其中有多处还保存完好。

从其间家族购置的考寓、试馆中,可以看出明清时期的商业格局和望族分布。试士院内,是学子们的赛道,而试士院周围的考寓、试馆,是家族的赛道。两个赛道,都是科举考试的重要内容。

五

清光绪三十一年(1905),在中国历史上延续了一千三百余年的科举制度被废除,一架中国古老大地上影响最为深远的百姓进阶之梯被撤除,新的思潮涌向这片土地。

《金华古城文化考略》记载,金华一直是历代州府所在地,是初级科考场所。目前金华古子城虽仍有宋代贡院的历史记录,但其旧址和遗存均已无存。明清时期,金华的院试考场原设在祠堂巷"校士馆",但在清顺治三年(1646)毁于战火,后在金华府衙即今太平天国侍王府东院改建试士院,为童生试考点。

立冬的早晨,暖阳通过古式建筑的天井照进老旧的永康考寓,明亮的阳光照在老建筑古旧的木质肌理和瓦砾上，明亮与暗沉形成鲜明的对比。老梧桐树在天井上空摇曳，抖落片片落叶和一院子的光辉。一束阳光射在"金华历代文科状元榜"上，上面写着：陈亮、刘渭、王龙泽、唐汝楫。旁边是"金华历代武状元榜"：厉仲方、周师锐、杜幼节、周梦雷、俞葵、俞仲鳌、朱秋魁。永康考寓作为金华科举文化的遗迹，如今陈列着八婺大地八百多年的科考历史。

科举制度下，八婺子弟走上科举考试金字塔塔尖的有文状元四名，武状元七名，进士九百一十五名，他们是八婺大地千年文脉源远流长的中坚力量。

无数参加过科举考试的学子，成为无数的吴文武、吴仪庭、吴邦定，成为许多版本的他们。

科举考试如同横扫一切的庞大社会推演，而金华的考寓群，只是这个庞大系统留下的一片碎羽。在过去的千余年时间里，科考承载过最强大的集体价值，几乎没有人能逃离在外，他们深受其利，也为其所奴，谁不是活在集体价值和个人价值之间的小小罅隙里。金华考寓群是无数婺州学子漫漫科考路上曾经短暂停留的一站，但它们仍然有着科考制度的全部内里和外在。那一场场科考的成功与失败，曾牵动过多少人心，影响了多少人生，演绎了多少悲欢离合。一切已成往事，考寓群只留下记忆，但在考寓群停留过的八婺学子创造的灿烂，是这片土地的历史长河中，永不消散的波光。

太史第

象征着科举荣耀的太史第，如今已没有任何建筑，甚至已无废墟。所有有形的物质都归附大地，转化为泥土，如同秋天的一片红叶融入大地。

一

南宋绍兴二十年（1150），一个噩耗传到太史第。南宋四大名臣之一、副宰相李光的次子李孟坚被诬告私撰国史，诬告者是诗人陆游的堂弟、潘家的亲戚陆升之。此外，一个叫吕愿中的小官又告李光与名臣胡铨诗赋唱和，讥谤朝政。李孟坚被立案。太史第潘家与李家是姻亲关系，李光是潘峙（南宋诤臣潘良贵侄子）的岳父，而这份姻亲缘于潘良贵与李光是挚友。这些关系使太史第潘家在这一案件中被连带。

一切都因为李光曾在皇帝面前抨击秦桧为奸相。

早在南宋绍兴十一年（1141）冬，御史中丞万俟卨就曾弹劾李光，说他是一个"阴怀怨恨"的人，将他贬职为建宁军节度副使，安置在滕州（今广西）。三年后，李光又从滕州贬到琼州（今海南）。李光为国为家，光明磊落，在琼州六年，大力推进地方文化发展，把苏东坡留在海口的"指凿双泉"演变成著名的"五公祠"。李光与苏东坡的美名，一道广为海南人民传颂。

此案之后，李光踏上了再贬儋州（今海南西北部）的路途，潘良贵被贬三级，带着对大宋王朝未来的无限忧思，匆忙走完了一生。

潘良贵一生心怀家国，如梅如柏，清贫如洗，宋高宗赐予"清潘"二字。

当时，婺州城中除了太史第"清潘"，还有"富潘"和"贵潘"。"富潘"从括苍（今丽水市）竹溪迁徙而来的，有宅田百亩，富甲一方。"贵潘"是北宋开国名将潘美之后，迁自开封，居婺城"画堂"，势倾一时。"清潘""富潘""贵潘"史称"三潘"。

二

潘良贵从小跟着兄长潘良佐学习儒学，长兄如父，二人感情非常深厚。潘良佐早逝，长子潘時性格内向，潘良贵就把潘時带在身边抚养。潘良贵经常带潘時去拜见挚友李光，而潘時天资聪颖，做事有礼有节，很得李光喜欢，后来将小女儿李孟琰许配给潘時为妻。

从滕州贬到琼州，再从琼州贬到儋州的李光，同时面临着丧子之痛。他的长子李孟博，本是探花郎，却为陪他一路颠沛从滕州到琼州，最后病亡于琼州贬所，年仅三十五岁。李光悼诗泣云："恩深父子情难割，泪滴千行到九泉。"李光痛失长子，次子李孟坚被诬入狱，女婿沈程等为保个人前程与李家断绝来往，被李光视为生命的万卷图书又被焚，李家的光景真是惨不忍睹。

潘時陷入巨大的悲痛，他默默料理完叔父潘良贵的后事，做出了一个出人意料的举动，他带着妻儿从金华搬到李光的家乡绍兴上虞驿亭镇五夫村居住，陪李家共渡难关。想来，潘峙是经过深思熟虑的，"清潘"家族除了他，还有众多的子孙，而此时的李家分崩离析，显然更需要他。他搬到五夫居住，并非入赘，而是"清潘"子孙因为情义和担当搬到另一个地方生活。他应该无数次在心里问过叔父潘良贵，是否支持他做这样的决定，答案当是肯定的。

潘峙的举动对于李家来说无疑是雪中送炭、旱中清泉，在一个家族的命运之舟面临搁浅之时，出现了闪光的情义和人性的光辉。潘峙与夫人李孟琰陪伴在岳母管夫人身旁，辅理家事，朝夕侍奉。潘峙始终相信，赤诚如叔父潘良贵、岳父李光，冤情终有得雪的一天。陆游赞道："人已占其器识，将来必成大器。"

当潜身黑暗，光明便已悄悄来临。五年的光阴在五夫悄悄流走，绍兴二十五年（1155），秦桧死，奸党除，李潘两家拨云见日，潘峙继续仕途，历任知兴化军，提举两浙西路、江南东路、荆湖北路常平茶盐，提点荆湖南路刑狱，知广州，知潭州等职，官至左司郎中，成为上虞的杰出人物。《上虞县志校续》记载，"其治郡先教化，务施舍，及为监司帅臣养威，持重务，存大体，平决冤狱，安集军民，风采振扬，大小畏服"。在他身上，显然有着他的叔父潘良贵的身影。

被贬儋州的李光，沿着苏东坡走过的路，在当地留下了许多作品和故事。南宋绍兴二十五年（1155）年底，李光内迁郴州，三年后官复左朝奉大夫。南宋绍兴二十九年（1159）致仕归乡，可惜没来得及回到故土，行至江州时去世，终年八十二岁。李光贬谪他乡近二十年，盼了近二十年的家人相聚，被猝然而至的悲痛取代。

三

斯人已去，光阴不会停下。李光去世十八年后，南宋淳熙四年（1177），五十一岁的潘畤又做出了一个让人意外的举动：辞官回到五夫，建造书院，教书育人。对于大部分文人仕子而言，这是最好的人生归属和最后的梦想。这一梦想，他的叔父没有实现，岳父也没有实现，他要继续他们未完之路。他以杜甫"月林散清影"句中的"月林"两字命名，在五夫清风峡琴山（今五夫联桥村）创办了上虞第一家书院。

月林书院占地二十余亩，先筑"爱山堂""月林堂"做教学书斋，后建"乐寿堂""浮香阁""静止斋"会客、书画、休闲读书。书院格局精美、高雅丰韵。

书院建成，潘畤的儿子潘友端、潘友恭在书院里读书，五夫及附近村镇的子弟也纷纷前来。潘畤邀友研史著文，共执教鞭。月林书院很快成为上虞首屈一指的书院。

书院创办第四年，南宋著名理学家朱熹任浙东常平，到上虞察访民情，因久慕潘畤的人品才学，专程前往月林书院拜访。潘畤钦佩朱熹的学识，朱熹敬慕潘畤的人品，两人一见如故，结为至交。潘畤邀请朱熹在月林书院讲学，朱熹欣然应允。此后，月林书院成为朱熹的重要讲学之地，月林书院"四方学者辏集"，成为南宋浙东重要的文化学术中心。月林书院也成为朱熹的临时书斋，《四书章句集注》大多内容就在月林书院完成。

在月林书院讲学期间，朱熹与"清潘"子孙结下了深厚的情谊，潘畤的儿子友端、友恭和与朱熹如师亦友，潘畤的孙子潘升孙、潘履孙也是朱熹的学生。后来，朱熹看好潘升孙的人品和才干，把幼女嫁给他为妻，朱熹与潘畤的长子友端成了儿女亲家。

南宋淳熙十六年（1189），潘畤逝世，花甲之年的朱熹闻噩耗悲痛不已，为潘畤撰写碑文。次年周年祭，又撰祭文《祭潘左史》，情意深切，如诉如泣，令人扼腕落泪。祭文最后写道："公之卓然，非今之政者所能及。"朱熹对潘畤的最后评价，与当年陆游的感言遥相呼应。

四

潘良贵从小受教于潘良佐，后来拜于杨时门下，而杨时是程颢、程颐的弟子。可以说，在理学上，潘良贵与朱熹同出一门。

潘良贵承"二程"之风，但他没有专重理学，而是探讨时代的学术价值。他的理学思想与程朱理学重性理轻事功略有不同，他主张经世务实的政治思想，通过对现实时势进行考察分析，探讨国计民生，追求内圣外王、济世安民。

潘畤不仅继续叔父的脚步济世安民，并且与朱熹、吕祖谦、张栻等密切往来，探索理学的发展。

潘畤的儿子友端、友恭，潘畤的侄儿潘友文都曾作为浙东学派主力，与朱熹论辩。潘友文还受学于陆象山之门。

潘畤的孙子潘履孙还为曾祖潘良贵编订《默成文集》十五卷，请朱熹作序并流传于世。

"清潘"的子孙在明代出现了祖孙三代进士的盛况，其中潘希曾的成就最大。他继承了先祖的遗范，耿介、坦荡、刚正，同时因为勇言直谏，先后三次被贬。后来黄河泛滥成灾，受命接任总理河道，率领民众顶风冒雨，在雷电交加中苦战一年有余，终于修筑四百余里河道，疏通了支流，凿通了沛漕，治黄成功。最终因过劳突发疾病，殉职离世。

潘希曾的女婿程文德，永康独松人，明嘉靖八年（1529）榜眼，官至吏部左侍郎。少时为王阳明弟子，后来回乡兴办教育，传播王阳明学说，死时家徒四壁。

潘良贵与范浚、郑刚中等人传北宋理学入婺，他们对后世婺学发展具有重要的导向作用。而"清潘"的子孙，几乎参与并见证了程朱理学的发展，师承"二程"、王阳明，四代人与朱熹有着亲密的师生、姻亲关系。

太史第已消逝于历史之中，当年的荣华已如"富潘"和"贵潘"一般烟消云散，而"清潘"忧患家国、赤诚重义、傲然不屈的内心坚守，却历经岁月和风雨，坚韧地扎根在无数人心中。

梅花喜神谱

一

大约在南宋端平（1234—1236）年间，一位湖州儒生的魂为梅花所摄。

这位儒生叫宋伯仁，约生于公元 1199 年，字器之，号雪岩。他曾在泰州监督盐课，后辞官回归故里，不知为何，他为梅花所迷、所惑、所痴，似乎被梅花摄去了心魂。

有一个叫西马塍的地方，有成片的梅园，宋伯仁就搬到此地，于梅林中居住，筑亭以对。将醒未醒的清晨，影影绰绰的清香裹挟在清冷的空气中，被他吸入肝腹。每当斜阳西落的黄昏，缕缕清香执拗地游离在烟火之上。寒夜月光下，四周一片灰蓝暗色，只有圣洁无比的花瓣与明月遥遥相对，清香和夜气交织，沁入他的心脾。大雪纷飞的严寒，一片银白，梅花袅袅婷婷地兀自傲立着，仙风道骨，气韵翩然，如同他梦中的仙子。

用宋伯仁自己的话说，无论是在清晨，还是在星夜，无论是在竹篱边，还是在茅舍下，他徘徊于梅树间，嗅蕊、吹英、挼香、嚼粉，卧下仰观，高处俯察……从初生含苞到渐渐绽放，而至花落结果。

宋伯仁与林洪（号可山）为好友，林洪是文人、美食家，更重要的是种了许多梅。林洪自称是林逋七世孙，著有《西湖衣钵集》《山家清供》。林逋是北宋著名隐士，通晓百家经史，但性情孤高，浪迹于江淮，看山看水看人间。四十岁后隐居于西湖孤山种梅养鹤，闲时驾小舟遍游西湖各寺与高僧诗友谈古论今。每逢有客来访，门童就会纵放鹤飞，林逋见鹤，必棹舟归来。林逋终生不仕不娶，自谓"以梅为妻，以鹤为子"。

"梅花花下月黄昏，独自行歌掩竹门。只道梅花全属我，不知和靖有仍孙。"（宋伯仁《读林可山西湖衣钵》）"可山无日不吟诗，我欲论诗未有期。几次孤山明月下，手揖梅蕊立多时。"（宋伯仁《访林可山》）西湖的黄昏、孤山的明月都知道——宋伯仁访林可山，实则是访梅。他不仅痴自己家的梅，也痴孤高的隐士家种的梅。

宋伯仁搞不清楚，是梅花成为自己，还是自己成为一朵梅花，或者说，他与梅花融在一起：一口清雅高洁的仙气，一缕忧思不屈的清魂。

梅花外的世界，已是儒生们的严冬。

靖康之耻犹未雪，蒙古大军又南下，持续四十多年的宋元战争爆发。而皇帝赵昀沉湎于醉生梦死的荒淫生活，朝政落入丁大全、贾似道等奸相之手。心怀"为天地立心，为生民立命，为往圣继绝学，为万世开太平"的儒生们，心怀屈辱，仰天长啸，怆对山河。

面对这样的世界，宋伯仁什么也做不了，他能做的，就是进入那个梅花的世界——严冬的白雪已催开了无数梅花的蓓蕾。

宋伯仁开始画梅写诗，他彻底成为一朵梅花，两肩寒月、满肝清霜。他不同于同时代的朱熹，朱熹叩问的是一个哲学的命运，而宋伯仁构建的是一个文学的殿堂。

二

宋伯仁的梅花世界，是一个怎样的世界呢？

他画中记下的梅花，无背景、无品种、无色彩、无根、无疏密，他把梅花的形态归纳成为圆与椭圆的叠加，类似于矢量图的几何抽象图形；把梅花的花蕊演绎成或哭或笑、或痴或悲、或忧或愁的图案；甚至，他把梅花的姿态进行了改造，成为别的东西。不仅如此，他还为每幅图配上五言诗，而诗的内容，与梅花似乎一点关系也没有。

与梅花图相对的五言诗，名字有药杵、蚌壳、燕尾、熊掌、蜂腰、扇、盘、渔笠、抱叶禅、穿花蝶、新荷溅雨、老菊报霜……这些名字，与梅花本身似乎没有关系，与其说名字，更像是喻体，却又既不形似，也不神似，甚至没有任何直观相似之处，但值得细细推敲。

一朵小蕊之时的梅花，被宋伯仁取名为"茨菇"，诗云："来自淤泥中，根苗何足取。饤饾上盘登，敢为梨栗伍。""茨菇"，即慈姑，生于湖沼，不耐霜寒，临涓涓之流，是江南人家的家常菜，但难登大雅。但在宋伯仁笔下，这一形象转换为儒家祭祀场景中的一个道具——饤饾。所谓的饤饾，就是重要时节为祖先和神准备的庄严供品，由多种食物组成。在这一过程中，慈姑的存在方式和意义，也从一种水生植物或一道家常菜，变成祭品，从而实现了从日常到仪式、从餐桌到供桌、从江湖到庙堂的身份转换。这是不是宋伯仁的理想？

欲开的梅花，宋伯仁想到了"玉斗"，诗云："鸿门罢樽酒，舞剑事还差。范增徒怒撞，汉业成刘家。"由梅花的形态窥见玉斗之象，又因为玉斗是鸿门宴的道具，引出壮阔持久的楚汉之争，时值南宋末期，他想借此表达什么呢？

怒放正盛的梅花，宋伯仁却想到了"马耳"，诗道："骐骥无伯乐，尖轻徒竹披。比台深雪裹，且读坡仙诗。"马耳与梅花，在气质、温度、颜色、触觉等各个方面都相去甚远。但将毛茸茸的马耳与梅花联系在了一起，发出了有着这样一对耳朵的骐骥却无伯乐识得的疑问。

同样盛开的梅花，其中两片花瓣在风力的作用下微微飘摇，如万里长空中的孤鸿当空对月，名"孤鸿叫月"，诗云："足下一封书，子卿归自虏。虽曰诳单于，孤忠传万古。"以苏武牧羊的典故来传达苏武对汉朝的忠心，对国的忠心，那时那情形，宋伯仁表达的不就是自己对国的忠心吗？

宋伯仁为梅成痴，在他的世界里，梅花只剩下片片瓣影，诉说着他内心的娇怯、热烈、无奈和茫然。只是这些瓣影，仍然无从表达他的内心世界，他又循着梅花的蛛丝马迹，在梅花下穿之凿之，终成一缕骨姿清瘦、高洁如冰的梅魂。

他最后形成的图谱，"蓓蕾"四枝，"小蕊"十六枝，"大蕊"八枝，"欲开"八枝，"大开"十四枝，"烂漫"二十八枝，"欲谢"十六枝，"就实"六枝，共一百枝。

诗画俱成之后，他取名《梅花喜神谱》。"喜神"在宋代为画像之意，显然，宋伯仁画的不是梅花，而是"画像"。他还写了序文，表白自己制谱的真正目的是"动爱君忧国之士，出欲将，入欲相，垂绅正笏，措天下于泰山之安"。

从此，《梅花喜神谱》幻化为仙，开始在人间行走。

三

不知因为什么样的机缘，一本于嘉熙二年（1238）刊刻的《梅花喜神谱》传到了婺州金华赵府双桂堂东家的手中。如果宋伯仁的《梅花喜神谱》是在端平三年（1236）完成，雕版时间需要一两年，那么刊刻的时间正好是嘉熙二年（1238）。

其实，婺州金华赵府双桂堂东家遇见《梅花喜神谱》并非偶然。

南宋时的婺州，婺学从无到有，书院如雨后春笋，对书籍的需求非常旺盛，历史悠久的雕版印刷焕发勃勃生机。刻工云集，刻坊林立，文史典籍浩如烟海。婺州刻本用笔方正，刚劲挺秀，刀法娴熟，转折笔画轻细有角，不留刀痕，有着独具地方特色的雕版风格。张秀民先生在《中国印刷史》中论及南宋婺州刻书业时，认为"婺本经书与监本、建本、川本齐名，可知其出品之多"。

刻坊的性质有官刻、坊刻、私刻。官刻即为官府刻坊，坊刻则为民间刻坊，私刻即私家刻坊，包括书院刻作和寺院刻。其中最为兴盛的是坊刻，多为地方文人学者私用的私刻转化而来。其中，有传世刻本的刻坊有：婺州市门巷唐宅刻坊、婺州义乌县苏溪蒋宅崇知斋、婺州义乌青口吴宅桂堂、婺州东阳胡仓王宅桂堂、婺州永康清渭陈氏刻坊、东阳崇川余四十三郎宅，等等。

婺州市门巷唐宅刻坊是当时颇有影响的坊刻，由地方名人唐仲友与父亲所办。根据李致忠先生《宋版书叙录》记载，中国国家图书馆收藏的《周礼》十二卷就由该家刻坊刻印。此书字体秀雅，刀法剔透，皮纸造印，墨色匀净，为宋刻精品。现存唯两部，一部完帙，一部为仅存前六卷的残本，为传世珍品。

唐仲友少承家学，十六岁就中进士，复中博学鸿词科。在他担任台州知州时，遭到朱熹疏弹，先是说他贪污受贿，嫖宿营妓，继而说他仗势经商，利用雕版印刷制造假币，最后被罢官。这个故事让人唏嘘，但从中可以窥见婺州雕版技术的精良和影响。

婺州金华赵府双桂堂是一家怎样的刻坊，目前尚无可靠的历史资料。单从这个名字来看，应该在金华城区，从南宋时期商业格局与古子城为商业核心地位来看，应该就在古子城或古子城周边的街巷中。

赵府双桂堂东家遇见《梅花喜神谱》，喜爱至极，惊为"冠冕"，感慨道"咏梅者多矣，粗得其态度，未究其精髓。近收此本，既能摸写其花神之似真，又能形容其它人之所未尽，玩之如噉蔗然，诗人之冠冕是也"。

《梅花喜神谱》令人玩味之处，在于画外之音，诗外之意，言其他人所未尽之言，以及画诗结合的隐于暗处的时代阵痛和民族情感。想来，婺州金华赵府双桂堂东家遇见《梅花喜神谱》，也少不得清晨黄昏、月光灯下，细细琢磨，懂得它冷艳、冰洁中蕴含的赤子之心。

于是决定竭其技艺将其重新雕版印刷，传之他人。

重刻本《梅花喜神谱》大胆革新，一改以往"文为主，图为辅"的格局，页面布局以插图为主，辅以诗文。画谱刀法古朴明快，富于变化，力求完整而不失本味地将原画展现在木板上。字体采用俊逸、劲挺的欧体。

再版的《梅花喜神谱》最终印了多少数量，不得而知，总之是在南宋景定二年（1261）印刷完成，很快在文人士子中以购买、赠送等形式流传开来，其清雅高洁、仙风道骨摄住了无数儒生的心魂。

四

历史是梅花虬曲苍劲的枝干，缠满了黑黝黝的岁月皱纹，伸展着一个个悲惨的历史造型。无数儒生跨越时代与光阴，把情感投射在梅花上，在高远苍茫的历史中生长出无数鲜活的生命。

梅花在侧，吸口气去嗅，只有书香，但整个空间都为之缥缈着清香，读之思之，染透身心。如同沙漠中的驼铃，荒野中的寺庙，久旱后的风雨，久雨后的阳光。时间已抽离它凝脂一样的肌理，只留下一个个花瓣的形状，却不夹一丝混浊，轻得没有质地，却又重如泰山，坚如磐石。

有许多人认为，《梅花喜神谱》是南宋时期特别的产物，是一个面临国破家亡的儒生用词语、图像和道德碎片拼接而成的异托邦。无数南宋儒生，多想如文天祥一样，散尽家财，招募士卒，驰骋战场。然而文天祥终因势孤力单被俘，他死前未食元粟，死时面南而坐，他是南宋的最后一块领土，这块领土最后为元人所毁，但无法被侵占。然而文天祥只有一个，文天祥最后也为元廷所杀。面对历史的更迭，泪眼问花花不语，乱红飞过残垣去。

美国学者毕嘉珍说："张镃和林洪将梅花推入私人世界，那是他们隐居的世界；宋伯仁则将梅花推入公共领域，并坚持着与它的约合。这样宋伯仁将内省的梅花外向化，通过木版画谱扩大其影响范围，并将梅花画代入了代表忠诚和代表抗议人士的图解式著述中。"

在七百多年的时间里，不知数量的重刻本《梅花喜神谱》早已遗失于漫漫烟云，但那口仙气，那缕清魂，似乎有着永生之力。

重刻本《梅花喜神谱》经元明两朝，其中一本流入了清代收藏家黄丕烈的藏书楼中。黄丕烈在乾隆五十三年（1788）中举，后屡试不第，曾为直隶知县、户部主事，后弃官归隐，闭门著述，收藏古籍，尤爱收藏大量宋明时期的旧刻本、旧抄本。黄丕烈得到重刻版《梅花喜神谱》后，影印了《梅花喜神谱》，这就是该谱最早的影印本古倪园影宋刻本《梅花喜神谱》。

黄丕烈所藏的重刻本《梅花喜神谱》又经一百二十多年的流转，经过汪士钟、于昌遂、蒋宝龄、潘祖荫等递藏，在民国十年（1921）元月十三到了现代书画鉴定家、收藏家吴湖帆的手中。这一天，是他的妻子潘静淑的三十岁生日，这是岳父送给妻子的生日礼物。他应该是从岳父潘祖年的手中接过这本重刻本《梅花喜神谱》的，因为这本图谱入斋，他把自己的书斋取名为"梅影书斋"。

潘祖年是潘祖荫的弟弟，潘祖荫是清光绪年间军机大臣、工部尚书，其"攀古楼"所藏文物，富敌东南。然潘祖荫没有子嗣，他的所藏全部留给了潘祖年，重刻本《梅花喜神谱》就在其中。

五

吴湖帆得此珍藏，视如至宝，如痴如醉，引为挚友。他在《梅花喜神谱》中一题再题，前后改装超过六次。

在往后的三十多年生涯中，《梅花喜神谱》成了吴湖帆的知己。生活中但凡有重要事件，他都在谱上记录下来：得到米芾《多景楼诗帖》；从北京购吴大澂愙鼎；妻子死于阑尾炎，悲痛欲绝的心情，等等。

《梅花喜神谱》中还有一则意味深长的题写。最后一枝梅花名"商鼎催羹"，诗云："脱白弄青玉，风味犹辛酸。指日梦惟肖，羹调天下安。"讲的是将梅子腌成梅干，虽然味道有些酸苦，但辅佐朝政美梦成真，天下能得以太平。在"商鼎催羹"一帧框外左侧，吴湖帆题曰："乙亥元旦天气晴暖，为二十余年来所未有，梅花蓓蕾似有迎春消息，出此谱观之。因题，吴湖帆、潘静淑同观于梅景书屋试笔。"

梅花生机无限，是春回大地的象征，吴湖帆是那样渴望春天的到来，渴望山河无恙，天下太平。

宋刻本《梅花喜神谱》中，不仅珍藏着他对妻子的情感，也承载着他的家国之爱。

吴湖帆留下的《梅花喜神谱》，书中历代名人题跋、观款累累，可谓江南文献名物，如今收藏于上海博物馆。

梅花的花瓣在历史中颤动，摇撼着一代代儒生的灵魂，让他们明白，这天底下至色至美，是与清寒相伴。

辛丑年春天，我在金东一个叫金华双桂堂的私人博物馆里，看到了新刻的《梅花喜神谱》雕版，正是根据重刻本《梅花喜神谱》再度雕刻的版本。

《梅花喜神谱》中的那口仙气、那缕清魂，在我们的山河之上从未消失。

婺江北望

冬已至，秋尚浓。金华婺江两岸的芦苇之上尽是苍茫绰约的芦花，在秋风中亭亭摇曳，柔韧纤细，深沉绵长。芦苇即蒹葭，"蒹葭苍苍，白露为霜。所谓伊人，在水一方"。深藏于这片土地记忆深处的伊人，如同那芦花，在秋水长天之间，清苍的衣袂猎猎飘动，傲然而立……

无论是在婺江哪条支流的岸边行走，总会与芦苇不期而遇，或三三两两，或繁衍成片。春夏之时郁郁苍苍；夏秋之际长出白色的芦花；冬天里，枯黄的芦秆与白色的芦花在寒风中摇曳——傲然、苍茫。我喜欢在冬天的黄昏时分在江边呆坐，思绪随流水流淌。在《诗经》的年代，蒹葭便是思念与怀想的物象，每每斜阳在天边落下，芦苇在满天的余晖中摇曳着黑色的剪影时，我常常遥想千年之前，在"靖康之变"之后，有多少婺州学人，行在婺江之上，立于婺江之畔，一次又一次遥望北方。

一

婺江，是八婺大地的母亲河。永康江流入武义江，东阳江流入义乌江，两江在金华燕尾洲汇合成婺江，一路向西，与衢江汇合为兰江后，流入富春江……这条江河，汇聚着这片土地的烟火、光阴和岁月，也记录着这片土地上的人们的悲欢离合。

我先说说在那义乌江畔的宗泽，他出生于北宋嘉祐五年（1060），在义乌江边成长，却遥望大宋北境屡屡被辽国和西夏入侵，在心里埋下了靖边报国的理想。他十九岁时开始外出游学，三十三岁考取进士，后来去了四个地方当官，他虽然每到一地都造福一方百姓，但仕途总是踏步不前。

个人命运总是紧紧系于国家命运，其间暗藏着偶然与必然的种种玄机。北宋靖康元年（1126）初，国家处在危急存亡之际，御史大夫陈过庭推荐六十六岁的宗泽以宗正少卿的身份充任和议使与金人和谈。宗泽行前向朋友辞别说："金人能够悔过撤兵当然好，否则怎么能向金人屈节以辱君命。"此话传到主和派那里，预感宗泽在与金国议和时会谈崩，临时将他换下，让他到抗金前线磁州当知州。

宗泽满心欢喜，当天就带着十几个随从出发了，似乎迟慢一些，他内心想要保家卫国的执念就会为他人所知，从而失去任命。

"莫欺驽马瘦，挥策诸金门。"抗金前线的情景拨动了宗泽少年时期的蓬勃之力，他大力发动群众修筑城墙，推出联防抗金的办法，各地义军纷纷支持，很快拉起十万抗金大军。宋钦宗任命宗泽为河北义兵都总管，宗泽与金对战连连大捷，可惜孤军难成大势，1127 年，中国历史上发生了"靖康之变"。

为雪靖康耻，宗泽一边厉兵秣马准备北伐，一边向朝廷上书陈述恢复中原之计，至南宋建炎三年（1128）六月，宗泽上陈奏章已达二十四次，始终没有得到高宗的支持。年近古稀的宗泽再也支持不住，于七月初一背疽发作含恨离世，临终前高呼三声："过河！过河！过河！"

现代作家郁达夫经过义乌时感慨："骆丞草檄气堂堂，杀敌宗爷更激昂。别有风怀忘不得，夕阳红树照乌伤。"

宗泽的爱国之情，激励着一代代婺人自立自强，义乌江畔的那片土地，已成为世界小商品的热土。

"宗爷"去世时，同样忧国忧民的陆游三岁。他虽然生于绍兴，却对婺州这片土地有着深沉的情感。在他六岁时，曾随父母到磐安县安文镇避乱三年。他贬官闲居在家时，常与婺州好友互访。他曾到东阳石洞书院讲学，写下《婺州稽古阁记》《智者寺兴造记》（后改为《重修智者广福禅寺记》）。

陆游赐进士出身，官至礼部郎中、宝谟阁待制。他忧国忧民，力主抗金。同样，也因为力主抗金，屡屡遭到主和派的排斥，一生颠沛流离。

八百多年之前，陆游一次次行在婺江之上，而他一生挥之不去的块垒，便是那北方的山河，随着一次次遥望北方的目光，是或长或短的叹息。南宋淳熙六年（1179），五十四岁的陆游入闽赴任，途经义乌江，熟悉的山水于他而言已染上寒凉与孤独："白首即今行万里，淡烟依旧送孤舟。"

不久后，陆游被黜蛰居乡里，写下："早岁那知世事艰，中原北望气如山。楼船夜雪瓜洲渡，铁马秋风大散关。塞上长城空自许，镜中衰鬓已先斑。"山河破碎，而报国无望，两鬓斑白，人生悲凉与无奈莫过于此。

"死去元知万事空，但悲不见九州同。王师北定中原日，家祭无忘告乃翁。"陆游长辞之时，留下遗嘱，在北定中原的时候，儿子们一定要告诉九泉下的老父亲。

义乌江水，发源于磐安，经东阳而来，与一路各支流的溪流交汇集聚，流入婺江。其间，有一条流入义乌江的支流芗溪，我须得讲讲在这条溪边长大的郑刚中。

南宋绍兴二十四年（1154），陆游参加礼部考试，秦桧指示主考官不得录取陆游。也同在这一年，比陆游年长三十七岁、治蜀抗金名将郑刚中，在贬黜地岭南被秦桧势力折磨致死，走完了他不平凡的一生。

郑刚中在绍兴十二年（1142）受命川陕宣抚副使于危难之际。南宋偏居南方，背海立国，所依赖的只有长江天堑，为抵抗北方金人，将千里江面设为防御地带，四川地区位于长江中上游，重要性不言而喻。郑刚中来到四川，完成与金国划界后，着眼于长远发展，对大军进行了移屯。曾经硝烟弥漫的川陕房舍焚毁、田园荒芜，百姓四处流亡，郑刚中开展了大规模的营田运动。郑刚中凭借险要的地理位置，在川陕一带取得了实战防守和战略防御经验，为后来旷日持久的抗蒙建立了一个强有力的防御体系。

世人称"宗泽猛虎在北，刚中伏熊在西"。

然而，朝廷与地方政权的博弈也许早已注定了郑刚中的归宿，从或贬或死于任上的前任身上，他或许已料到自己的结局，但他从未迟疑。终究，他抵达过曾经无数次遥望过的地方，在那片土地上挥洒过汗水与鲜血，灌注过他毕生深情。

二

状元陈亮在历史时空中遥望郑刚中在川陕的作为，竖起大拇指："刚中真乃能臣！"陈亮是羡慕郑刚中的——在抗金的前线治理过一方土地。而他，空有一身才学，不过是在文字里指点江山。

陈亮喝永康江水长大，生于没落的地主家庭，才华超迈，满腔爱国热情。他与著名爱国主义词人辛弃疾相知，为南宋收复中原倾尽一生心血和才华。他一度陷入"三丧在殡，而我奔走，以救生者"的困境。后来发愤图强，用十年时间发家致富，打破了当时"士不从商"的阶层认识，并先后以平民之身五次上书朝廷，为恢复中原献计献策。陈亮先后提出了一系列治国主张，开创性的"农商并重""义利并举"等思想，引发了与朱熹"陈朱之辩"，由此创立"永康学派"。

"不见南师久，漫说北群空。当场只手，毕竟还我万夫雄。自笑堂堂汉使，得似洋洋河水，依旧只流东？且复穹庐拜，会向藁街逢！"陈亮的爱国之心是火热的，他凭一介布衣之身，五次倾思倾情书写，五封厚重的奏书从永康江畔出发，抵达临安。

他的收复奏书，可谓详尽。以《中兴五论》，即《中兴论》《论开诚之道》《论执要之道》《论励臣之道》《论正体之道》擎起抗金大旗，以他的政治、军事、经济、教育等系列思想排兵布阵，以"农商并重""义得话举"为后方补给。此外，他还亲自到建康（今南京）、京口（今镇江）观察地形，主张不仅仅把长江天险当作隔断北界的门户，而要作为北伐中原、恢复失地的跳板，长驱直入。

只可惜，陈亮一生壮志未酬，于考取状元的第二年与世长别。但他收复北方山河的《中兴五论》却长留于山河大地。

永康江、熟溪河、小白溪三条河流在武义县汇合为武义江，旧时称"武阳川"，三江汇合处，有龙王山，与龙王山隔岸相对的，便是南宋"金华学派"之祖吕祖谦讲学之地明招山，这里的学生一度达到上千之众。

吕祖谦出身于南宋时期南渡的北方望族，七世祖吕夷简、六世祖吕公著，分别在真宗、仁宗、哲宗三朝任宰相。他出生的时候，北方的山河已失去。

南宋王朝偏居南方一隅，却依然没有反抗的信心和决心，一心乞和。吕祖谦深知，其间不乏主和派卖国求荣的耻辱行径，朝廷积弱也是摆在眼前的事实。他与好友张栻有相同的观点："夫欲复中原之地，先有以得中原之心，欲得中原之心，先有以得吾民之心，求所以得吾民之心者，岂有他哉？不尽其力，不伤其财而已矣。今日之事，固当以明大义、正人心为本。"他把家国之情埋于心底，把一生学问、全部心血都倾注在"明大义、正人心"的事业上，教育青年学子立朝堂之下，以天下相托。

他晚年所作的《六朝十论》，以魏晋时期偏居江南的六朝为例，阐述如何使弱势变强势、变劣势为优势。这是吕祖谦为朝廷处心积虑书写的一组史论，更是他深沉的爱国长诗。

吕祖谦的一腔深情，润泽了这片山河。他讲学的讲义《东莱博议》被学子们争相传抄，影响遍及全国甚至成为百姓的读物。他讲学的明招山和丽泽书院已成为八婺大地的文化坐标。

明招山和丽泽书院聚集的爱国热情和思想，还吸引了永康陈亮，永嘉的薛季宣、陈傅良、叶适，宁波的沈焕，五位三个地方学派的代表人物。三家"求同存异"，以"经世致用"与"务实"为核心，掀起了"金华学派""浙东事功学派"的思想浪花。

三

武义江、义乌江两水奔腾而来，合为婺江。

伴着水声，我似乎听到了潘良贵的诤言回荡在北宋末年的朝廷："何栗、唐恪等四人不可用，他日必误社稷，陛下若欲扶危持颠之相，非博询于下僚，名扬于微陋，未见其可。"他的诤言没有被采用，历史却不幸被他言中。

潘良贵还向徽宗进过振聋发聩的言语：河北群盗涌起和浙江农民起义，正是由于朝堂之上阿谀谗佞之人过多，屏蔽了天子对外界信息的了解，才导致今日盗贼的猖獗。

正因为他的诤言和振聋发聩的言语，他屡次被贬，仕途艰难，以上舍生的身份开始做官，担任辟雍博士，升任秘书郎，后提举淮南东路常平司，最后自请回乡。自少至老，出入三朝，然在官不过八百六十余日。在南北宋朝廷中，潘良贵是一个"不知趣""不合时宜"的人。

潘良贵放下了富贵荣辱，唯独放不下家国大义。他没有上过战场，没有机会部署过抗金战略，但在靖康之难前后的动荡时局中，他执念民族危难，保持着婺州学人的刚正、磊落、坚韧和赤诚。

"雝雝南飞雁，北信杳难觅。不知二圣君，泫然泪沾臆。""冬深江北无边报，又得安贫过一年。"从这些潘良贵留下的诗歌中，我们似乎看见了那个遥望北方的清癯的身影。

为了躲避金人，著名词人李清照和众多北方百姓一样南逃，先至杭州，后至金华，丈夫赵明诚已在南逃中亡故，而眼前仍然是日复一日的哀鸿遍野，用她自己的话说："闻淮上警报，浙江之人，自东走西，自南走北，居山林者谋入城市，居城市者谋入山林，旁午络绎，莫不失所。"

在八咏楼上，李清照看着双溪汇聚向西奔流，写下千古绝唱："千古风流八咏楼，江山留与后人愁。水通南国三千里，气压江城十四州。"诗句忧伤而豪迈。我始终觉得，李清照虽面向南方，对着滔滔婺江水，她眺望的却是北方的山河，那是她无数次梦里萦回的地方。

李清照无数次遥望北方，即使是在打马（古代一种博戏）的时候，她也想着北方的山河。李清照在金华写成《打马图经》《打马图序》，又作《打马赋》。她写的虽为游戏文，说的却是北方的战事，引用大量有关战马的典故和历史上抗恶杀敌的威武雄壮之举，热情地赞扬了忠臣良将的智勇，暗讽南宋统治者不识良才、不思抗金的庸碌无能。

流落他乡，李清照骤生大病，后来嫁给了张汝舟，婚后却发现张汝舟之所以收留她，为的只是将赵明诚遗留的金石据为己有。李清照向官衙提出了离异诉状，并按照当时律法身陷牢狱。

李清照是词坛的骄子，也是一位普通的女子，在她身上，我们看到国家命运与个人命运的共荣共衰，看到了华夏儿女对于国家兴盛的强烈渴盼，看到离别的悲伤、飘零他乡的悲凉……那分明是无数个我们自己，谁的命运不是与国家命运紧紧相连？谁不曾一次又一次渴盼祖国统一、民族富强？

四

1128 年，金华义乌抗金名将宗泽壮志难酬，忧愤成疾，三呼"过河"而亡。

1179 年，五十四岁的陆游入闽赴任途经义乌江，熟悉的山水于他而言已染上寒凉与孤独，他看向北方，写下"白首即今行万里，淡烟依旧送孤舟"的诗句。

1132年，四十四岁的郑刚中探花及第，心怀北方的山河步入南宋的朝堂。

1188年，永康学派代表人物陈亮以平民之身第五次上书，希望皇帝抗击金国，收复中原。

1170年，吕祖谦上奏孝宗："恢复中原的大事在此时应当确定规模和方略。陛下若广揽豪杰，臣等愿意精加考察，使其确指经营谋划之实，孰为先后，让妄言空谈不敢在陛下面前呈现，然后再与几位大臣定成算而次第行之，这样大义可以伸张，收复大业就可以实现。"

1140年，潘良贵辞官归乡，他临窗北望，怆然而立……

1134年，李清照登上八咏楼，看婺江西流，写下"江山留与后人愁"。

李清照、潘良贵站在两江交汇处，宗泽、陆游、郑刚中在义乌江畔，陈亮在永康江畔，吕祖谦在武义江畔……

他们在靖康二年（1127）之后六十一年的历史洪流中，在同一条江河相遇。时间的河流和地理的河流在这里交错，赤子之心与民族兴亡在这里交织。

壬寅年秋，我站在八咏楼上，俯瞰苍茫大地，不远处，两江之水合二为一向西奔流，流向钱江，流向历史。南宋王朝在一代人无法释怀的愤懑中走向了覆灭，万里江山在历史的洪流中合了分、分了合，我们的民族历经危难走向复兴。但在近千年之前，一群文人学子遥望北方的目光，已长留于这片山水。他们这样执着、热烈地活过，渴望过，对峙过，挥洒过，愤懑过，悲凉过，绝望过……然后，用鲜血和生命酿一坛烈酒，与这片山河同在。

南城北城

每每在金华的古子城里，触及青铜般斑驳的青砖、肌理苍茫而锐利的石头、布满青苔的墙角时，总会想起北方的那个黄土世界，在旷野的寒风中伫立的烽火台——在经年累月的风霜雨雪中，已失去了原来的模样，但它的气度未有丝毫更改。

一

庚子年的冬天，我从江南的小城出发，到访北方的那片黄土戈壁，跟随"寻根长城"的五人队伍，在那片黄色的旷野里探访古长城，还有北方的天空、云朵、荒草和鸟雀。

有一天下午，我离开团队，向远处走去，我行走的方向，有一座被岁月侵蚀只剩下台基的烽火台。我裹着及至脚踝的黑色羽绒服，盖着绒帽，围着围巾，穿着厚厚的棉鞋。寒风呼啸，太阳时烈时柔，黄土上长着稀稀落落贴着地面的荒草，荒草似已黄成了没有生命的样子，但我知道，它还活着，这是它生命原本的样子。这样的黄土戈壁并不好走，一脚踩上去，泥沙尽松，一脚踩进绵柔，在另一脚踩上去之前，先得把这只脚从这绵柔的沙土中抽出来。一脚就是两脚，两脚就是四脚，力气在绵柔中消耗。远处的那座烽火台，也只是看着近，走了半天，也没有接近多少。

/ 北山南水 /

呼啸的寒风刮走了帽子，和着沙土灌进飞舞的发丝间，从脖子一直侵入身体，鞋子早已沦陷，沙土与脚早已挤得无丝无缝。但是，我不会回头。此时，我就该在这戈壁上走着，被黄色的沙土侵袭着。

二

这黄色的沙土，侵袭过曾经争夺过这片山河的月氏、匈奴、吐蕃、鞑靼、瓦剌；侵袭过历经千难万险出使西域的张骞；侵袭过将河西走廊收入中原版图的霍去病；侵袭过历经磨难传教到中原的鸠摩罗什……

我眼前的烽火台建于明朝初期。古浪（现甘肃省武威市古浪县）及河西走廊因多年战乱，已城邑空荡、土地荒芜。朝廷虽然向全国各地迁移百万民众使之重获新生，但北部疆界仍然处于与鞑靼、瓦剌的抗衡之中，而古浪是主战场。现存总长一百五十公里的明长城，便是那段历史留下的明证。

此时，我想到一位叫毛忠的明代将领。他本是蒙古族，自曾祖父降明，祖籍扒里扒沙。他二十岁开始代父领兵作战，从此在这片黄土地上纵横五十五年。因为卓著的战功，由副千户逐步晋升为正千户、指挥同知、都指挥使等。

诡谲的是，毛忠在一次战斗中擒获了一名僧人并献给朝廷，明英宗赦免了僧人。后来这位僧人逃回瓦剌，又为瓦剌部首领也先所用，他怀恨毛忠，便诬陷毛忠与也先有交往。明朝的礼部侍郎李实出使漠北信以为真，回来奏请朝廷将毛忠押赴京城并处死。好在代宗帝没有这么做，只是将他发配福建。毛忠到福建后，也无怨言，仍然英勇杀敌。后来，"土木之变"，明英宗被瓦剌俘于塞外，听说了毛忠私通瓦剌背后的端倪，于是复辟后立即将毛忠召回，升任官职并赐玉带、织金蟒衣。

这满眼的黄土，在我的眼前幻化为厮杀四起、战马奔驰、尘沙漫天的战场……无数将士浴血奋战、忠骨销魂。我眼前的烽火台，为毛忠的多少次战役燃起过烽火？

五百多年前，以毛忠等为代表的北方将领，阻挡了那个时代北人的一次次侵略。在他们的身上，经历了无数次乱世。他们化解旋涡，也不免身陷旋涡，被误解、怀疑，甚至被处死。

万马齐喑，阳光匝地，时光俱静，烽火台静静地立于眼前。不知什么时候，人就安静下来了，不急着行走，也绝不会后退，顺着沙土的习性一脚一脚地向前，心头涌上温柔的力量。

我有些恍惚——这天地、这天地之间的烽火台，有着一种亘古的力量——坦荡而坚韧，让人扯下面具，面对真实，朝着目标坚定地向前，任凭外面骤雨狂风，生死一线。这股力量，大概也是毛忠化险为夷的力量。

我在自己的内心世界里行走，也在这戈壁上向前，一步一步，走向戈壁深处。而脚下，已离那烽火台越来越近。坚持，抵达。

我爬上烽火台的台基，站在庞大的夯土堆旁，抚摸它的沧桑，抚摸它在风雨侵蚀中不变的骨骼和气象。

三

黄土戈壁在甘肃古浪，江南古城的青砖和石头在浙江金华。

我生活在金华的古城边，在各个季节里去古子城。春天看古城树木的新芽，夏天看草木繁盛，秋天看丰收的宴会，而我独爱古城的冬天，特别是大寒时节，地是灰色的，墙是灰色的，瓦是灰色的，树上该掉的叶子都掉了，只留下灰色的树干。在这季节轮回的寂静之处，人流也是最少的，古子城为此拉开了一个最大的空间，走在其间，能感觉到自己的渺小，因渺小而自在。这满眼所见的灰色，正如那北方铺天盖地的黄土，把我一次次带进历史的瀚海中。

壬寅年盛夏的晚上，我独坐在八咏楼的阶梯上，八咏楼的门已经关上，楼下的古街游人如织，不远处的婺州公园早已人潮涌动，广场舞的音乐激情飞扬。那边越热闹，越显这边寂静。

此时，我必须要说一说那明末的朱大典。

地处河西走廊东端的古浪，为阻止北人入侵，长城一次次被修建、一次次被毁，又一次次被修建。最终，因为明朝将领吴三桂冲冠一怒，清军从山海关大举进入中原。

八咏楼进门右侧的老城墙边有一块石碑，石碑上写着"朱大典遇难处"。这里曾是一个火药库，清军入关的第三年，三十二位英雄在炮火声中聚集在这里，他们把最后的火药绑在自己身上，在这座古城城门被破之前，把自己当成最后的炮弹点燃。

这三十二位英雄，是朱大典和他的家人、幕僚。朱大典是金华长山人，因贫苦栖身破庙，后来以惊人的才华和刻苦，凭窗外偷学考取了进士，又在明末的乱世中成为一名将领。而在清军入侵这座古城的时候，朱大典为护佑百姓，倾其所有招兵买马、聚草屯粮、购置器械。由于明臣阮大铖出卖，朱大典的儿子和大部分部将在坚守城门中战死，大孙子在突围求援途中被杀，长媳自缢殉难，妻妾与众儿媳也在城破时牵着年幼儿孙投井自尽。

朱大典及家人、幕僚用肉身点燃的生命炮火，高高托起了屹立不倒的民族之魂。

历史总是惊人相似。无论是南方还是北方，都是血肉相连；无论是南城还是北城，都是浴血奋战、忠骨销魂。不管他们是怎样的出身，怎样的人生际遇，他们生命的原样，都是那颗赤子之心。他们来自人民，也是人民的代表。

　　北方的长城和南方的古城都是历史的城。古长城在北方的戈壁大漠拉开它辽阔的胸怀和多难的历史，古城在江南延伸着时代交替深沉的情义。它们都是历史留存人间的血脉，连着我们的过去和现在，也注释着未来。

宾翁的大地

一

在金东里郑村一条普通的巷陌里，有一座掩于民宅中的三白古寺。古寺的一方石门镶嵌在临巷的一面青砖老墙上，石门上方，是石刻"三白古寺"四字。有石门的门框，却早已没有了门，门内是一个依山而建的二进院子，中间有一座天井，房子坍塌已久，断壁残垣，朽木悬挂，瓦砾绿草，满目萧瑟，已看不清它原来的样貌。

好在这里还没有被其他的建筑取代，它只是被风雨一次次侵袭，被无数光阴无数次侵占，断壁残垣间，似乎还萦绕着几缕香火，从这里远去的背影，只是没入了黄昏的雾霭之中……

我寻找这座古寺，是为追寻一位学人、画家、民族战士，追寻他走出这座古寺后远去的背影。

从三白古寺走出的背影，是一位七十五岁的老者，身形清瘦，头发花白，陪在他身边的是一位欧洲友人。然而，正是这个身影，潜入浩瀚的中国传统历史文化中，创造了浑厚的"文化炮弹"，不屈不挠地捍卫着中华民族的自信和尊严。他是黄宾虹。

黄宾虹回到三白古寺，是在 1938 年夏天，黄宾虹一家困居沦陷的北平已达一年。他是几经周折，在欧洲友人的帮助和陪同下，悄悄回到金华里郑的。

一年前，黄宾虹应邀赴北平鉴定故宫书画，并兼任国画研究院导师及北平艺专教授，不想正遇"七七事变"，一家人无奈困陷北平。日本侵略者采取了一系列文化政策，组织发起了"中日艺术协会"，私自将张大千、黄宾虹等列为发起人公布于报。张大千逃出北平，前往四川，辗转香港、台湾等地。而黄宾虹回到了金华。

金华是黄宾虹的故土，他生于斯长于斯，虽然他的户籍在安徽，但金华的山山水水已铸造了他的筋骨，喂养了他的肉身。

晚清时期，众多徽州人顺新安江而下，逆兰江而上，在兰溪、金华等地开设药店、客栈等，黄宾虹的祖父黄德涵就是其中一员。黄宾虹的父亲黄定华十四岁时随父兄来到金华经商，从苏州贩布起家，后来独立门户开设了广达布总号。

时间来到1858年，太平军攻陷杭州，时局混乱，徽州和婺州几近隔绝。危急之时，黄定华出资将祖母潘氏接到金华，并避入南山深处一个叫里郑的小山村，落脚于一户郑姓人家，所幸一家在战乱中保全了性命。黄定华一家对里郑和郑姓人家深怀感恩，在此置办了田地，以备不时之需。

1862年，潘氏病逝，兵荒马乱的岁月不便扶柩回乡，于是卜葬于里郑村的万罗山脚下。

战后重生，黄定华的布庄生意竟比以前更加红火，后来还开办了钱庄。黄定华的原配汪夫人早逝，续娶了金华望族方氏为妻。1865年1月27日，长子懋质出生，民国年间改名为宾虹。方氏共生四子三女，次女两个月大就抱到里郑村成为郑家的童养媳。

1880年，黄定华开设的成昌钱庄出现挤兑，并连累布庄，不得不歇业。家境中落，黄定华一家的住址由城西铁岭头迁到兴让坊，再迁往城东三元坊。黄家子女除黄宾虹仍就读于金华丽正书院外，其他三个儿子辍学从商。黄定华将生意苦苦挨到 1889 年，最后宣告破产，举家迁回原籍歙县潭渡村。举家回乡，但祖坟难以搬迁，便将年幼时送到杂货店当学徒，勤勉肯干，为人谦和的四子黄元秀留下看顾。

里郑村，是给过黄宾虹安全和温暖的故土。太平天国战乱时期保全过一家人的性命，黄宾虹的弟弟黄元秀和妹妹黄乃耐生活在这里，太祖母葬在这里。此时又逢战乱，黄宾虹怎能不想到这里，他甚至打算举家南迁，再次把里郑作为避难之地。

黄宾虹几经周折回到里郑，还有一个重要原因，那就是三白古寺。

1939 年，黄宾虹在与黄居素的通信中写道："仆因发奋，每日拂晓而兴，勤习无间断，积大小画五百余纸，在沪被窃大半，北平所作，又尽失去。后得惬心之作，均寄藏金华一山寺中，僧徒朴讷不识字，然真能保守勿失，屡验之矣。去年曾一度住此，拟为久居，贱躯畏湿，仍返北就医。"从信中可知，黄宾虹此前在上海的辛勤之作大半被窃，在北京所画的作品又全都失去，不得不"惦记"藏于三白古寺中的"惬心之作"。黄宾虹一家困陷北平，生活上也陷入困境，用这批绘画作品聊以换取一家人的生活所需。

从上面的信中也知，三白古寺中的僧人老实木讷，目不识丁，更并不知道画的价值，黄宾虹才有了将画纸藏于寺中的念头。为了确保万全，他还对僧人进行多次测试，最后才放心将画作藏于寺中。

1938 年的夏天，黄宾虹在挂念已久的三白古寺中住下，取回了那批他惦念已久的画作，就来到距古寺两三百米远的万罗山脚下祭拜他的太祖母。他与太祖母说他对里郑的思念，说他打算在里郑久居。

不久，黄宾虹又来到了万罗山脚下，他来拜别太祖母，告诉她因为自己畏湿病弱，需返回北京就医，在里郑久居的计划也只得作罢。从此之后，他再也没有回过里郑。

<h1 style="text-align:center">二</h1>

黄宾虹告别亲人离开里郑，回到北平，做好了长期韬光养晦的打算。好在他手头已有一批从里郑三白古寺取回的画作，可换取一家人的饭钱。

事实上，北平画坛对黄宾虹的画作认可度并不高，甚至常有浅薄之辈嗤笑他的画"黑墨一团的穷山水"。

黄宾虹回到北平，开始了清贫的十年苦研生涯。他自此题款不再用宾虹，而是署名"予向"。予向之名，是他在青年时期因崇敬恽向所起。

恽向是明末的画家，武进（今属江苏）人，曾十次参加科考不第，后寄情书画，明亡后隐居不仕，为江南文人所敬重。他的山水画传承经典，用笔简练，用色清新，不仅画出了江南山水柔润婉约的一面，而且充满文人的精神志趣。

黄宾虹此时改题款署名予向，大概用以表达他矢志不移、传承经典的决心。

黄宾虹又把画室起名"竹北移"，这个名字本是他在安徽潭渡老家的画室名，现在重新启用，既寓怀念乡邦之意，又暗示竹虽北移，其节不改。

当年他随家人举家迁回安徽潭渡村不久，中国大地上就发生了戊戌变法。变法之前，满腔爱国热情的黄宾虹就给康有为和梁启超写信，表达"政事不图革新，国家将有灭亡之祸"的政见。同年夏天，他与谭嗣同约见于安徽贵池，畅论变法维新。之后，黄宾虹在歙县与武举人洪佩泉、武秀才汪佐臣设立教场，收徒练武、驰马击剑，为变法维新做积极准备。

戊戌变法最终以失败告终，谭嗣同被害于北京菜市口。黄宾虹泣作挽诗："千年蒿里颂，不愧道中人。"

1899 年，黄宾虹以"维新派同谋者"的罪名被通缉，所幸事先闻讯，仓促逃出，经杭州去上海，远遁河南开封。

1907 年，黄宾虹在歙县与同盟会员许承尧、陈去病、汪鞠友等人组织"黄社"，纪念明清思想家黄宗羲，宣传革命，并在自家屋后私铸铜币筹措革命经费。后被密告为"革命党人"，经朋友帮助化装出逃，从此旅居上海。

困居北平的黄宾虹已是一位老人，青年时沸腾的革命热血已转化为深沉的情感，但他的心依然炽热，他要循着前人的足迹，在文人画中开辟更深远的战场，制作浑厚强大的文化炮弹。

1943 年，黄宾虹困居北平的第六个年头，《中和月刊》先后发表了黄宾虹所撰《垢道人佚事》及《垢道人遗著》。

垢道人即程邃，是新安画派的代表人物之一，早年受传统儒家教育，明朝灭亡后不事清廷，在绘画中寻找精神寄托。他用焦墨的古拙表达内心的孤独和苍凉，诉说内心的痛苦、不安和震颤，将枯笔焦墨的形式语言推向了极致，成为焦墨山水发展史上的拓荒者。

黄宾虹潜心研究凝聚着民族精神如程邃一样的画家，从他们的身上凝结与侵略者抗争的勇气和决心。

1939 年，日本著名老画家中村不折和桥本关雪，委托画家荒木十亩前来北平看望黄宾虹。荒木设宴招待北平画家，黄宾虹也在邀请之列。黄宾虹请学生石谷风转告荒木，他虽然与中村、桥本、荒木有二十多年书信往来之谊，但眼下中日交战，私人交情再好也没有国家民族的兹事体大，宴会不去，也不想见。荒木听后，还是执意要见黄宾虹，黄宾虹无奈，特地写一张告示贴于门前："黄宾虹因头疼病复发，遵医生所嘱需静养，概不会客，请予见谅。"第二天，荒木又一身汉服求见黄宾虹，石谷风立于门前挡驾，手指告示示之。荒木见此，知黄宾虹志不可夺，心中感佩，向门内鞠躬而退。

荒木还请石谷风转交中村不折一封信函，邀请黄宾虹赴日举办画展，黄宾虹一笑置之。1941 年，北平文物研究会推举黄宾虹为美术馆馆长，他婉辞。1943 年，北平艺专委托学校两位先生出面，为黄宾虹举行八十岁祝寿仪式并举办画展，亦谢绝。

三

那从里郑远去的背影，头发花白，却步履从容坚定。在此之前，他已经历了一次又一次安顿，也在安顿中经历一次又一次失去，他已放下安顿，对不期而遇的困境也已释然。

黄宾虹自幼爱好搜集古玺印，二十世纪初的"废除汉字"运动成为他收集古玺印的重要动力。他以旧瓷、书画交换古印，每得新物，总是爱不释手，甚至出门都带在身边。黄宾虹旅居上海，画画的名头不大，而"富藏印"的名声已在外。辛亥革命后，他所得的古玺印更为精彩，其中公认的精品就有一金二银三玉，其中"匈奴相邦"玉印，近代学者王国维都为之惊异。据褚德彝《金石学录续补》记载，至1920年，黄宾虹收藏古玺印已达两千余枚，被称为古玺印收藏"海上之冠"。

古玺印凝结了黄宾虹多年的精力和心血，也为他赢得学界的认可和尊敬，伴着他北上南归，几度波折，被黄宾虹视为与生命同样重要的珍宝。

1922年一个普通的日子，黄宾虹邻居家失火，而他家中的古玺印被盗。旅居上海近三十年，黄宾虹藏印屡失屡得，但此次不同，他痛失的是数十枚最为珍爱的精品。五十九岁的黄宾虹深受打击，内心一方最为重要之地遽然为空。

此次事件后，黄宾虹萌生了去安徽贵池营田耕读的想法，用他自己的话说，"读画看山皆不厌，驳驳岁月此中赊"。黄宾虹不久就在贵池筑田百亩，隐居其间，与友人诗画酬唱，退守田园耕读自乐。然而，黄宾虹耕读自乐的日子只过了两年。1924年夏季，贵池山洪暴发，江浙又起军阀战乱。世道荒乱，营田无收，黄宾虹无奈，在战乱的年代，田园耕读也是奢望。

什么才是人的终极归宿？什么才是读书人的终极归宿？黄宾虹开始追问人生的意义。如果说一切外在有形的安顿都将失去的话，那么，唯有走进中国数千年的传统文化，唯有文人画的精神才是永不失去的家园。

1925年12月，黄宾虹一本名为《古画微》的小书，由上海商务印书馆出版。《古画微》从文人画的角度阐述了中国画的发展，可以说是一部文人画史。该书比陈衡恪的《中国绘画史》早三年，余绍宋的《中国画学源流之概观》、潘天寿的《中国绘画史》、郑午昌的《中国画学全史》、傅抱石的《中国绘画变迁史纲》等著作都未问世。《古画微》在业内引起了长时间的强烈反响。

据研究人员统计，从1926年到1936年间，黄宾虹画学理论研究达到一个高峰，成果有《古画微》《鉴古名画论》等。

四

黄宾虹困居北平的日子，贫困而孤独。有人劝他迎合市场多画青绿山水，他不为所动。友人怕他寂寂无闻邀他办画展，他婉言谢绝。他不画商品画，不收门徒，执着地走进中国历史文化，走进中国美术史，走进古人的精神世界。他内心涌动的热情，以及人生经历的种种失去与困顿，在悠远而厚重的传统文化中相遇，使他的精神世界在艺术中升华，表现为笔墨的浑厚华滋、黑密厚重。

黄宾虹又给自己取了一个别号"蝶居士"。他在《画学之大旨》中解释说："庄子云：'栩栩然之蝶。'蝶之为蚁，继而化蛹，终而成蛾飞去。"困居北平十一年，黄宾虹失去了许多自由，却在这一困境中完成了绘画生命的成蛾化蝶，蔚成大家。

黄宾虹反复强调"国画民族性，非笔墨之中无所见"，强调"内美"。而"内美"的本质是"我民族"的精神气度。正如研究者认为，"浑厚华滋"四字远非单纯的笔墨效果，而在于从传统内部找到了发展和超越的原动力，承前而启后，张扬了泱泱中华的民族性，这一点，是黄宾虹对中国文化，对中国艺术的真正意义之所在。

1948年，八十五岁的黄宾虹终于离开北平南返。在上海、杭州受到了热烈的欢迎。在欢迎茶会上，黄宾虹即席作题为《国画之民学》的讲演，把他毕生对艺术的思考，上升至专制与民主、君学与民学的理论。在耄耋之年，黄宾虹终于将青壮年的反封建的革命实践同他的艺术理想融为一体，将他的家国与艺术生命融为一体。

黄宾虹晚年被任命为中央美术学院民族美术研究所所长，当选过全国政协委员、华东美协副主席，被授予过"中国人民优秀的画家"称号，但他的作品仍然没有被广泛认可。去世前一年，他想举办一场花鸟画展都未能如愿。

黄宾虹的一生，孤独而落寞。离世后，他的夫人宋若婴根据他的遗嘱，想将他的全部遗作及所藏书籍文物捐赠给国家，可她不断联系，却没有单位愿意接收。后来，在一位爱好艺术的领导的直接过问下，浙江博物馆才勉强接收，接收后搁置一旁，直至黄宾虹去世三十年后，包裹才被打开。

2005 年，浙江省博物馆举办了规模空前的"画之大者"大型展览活动。2017 年，黄宾虹在九十二岁时创作的山水画《黄山汤口》以三亿四千五百万元的天价成交。此时，离他故去已有六十二年。正如他生前所预言的"我的画会热闹起来"。这场拍卖竞价的激烈，与他生前的孤寂形成了陡峭的对比。

鲁迅先生在《拟播布美术意见书》中写道："凡有美术，皆是以征表一时及一族之思维，故亦即国魂之现象。若精神递变，美术辄从之以转移。"美术递变的历史，也就是一个民族的精神史，是一个时代思维的轨迹。黄宾虹的水墨，不仅浓缩了一个时代的思想与抗争，也唤醒了中国历史时代更迭中的民族力量，浩浩荡荡，无比壮阔。这是黄宾虹占领的疆土，也是他的大地。

五

每次经过古子城八咏街，我都会被黄宾虹纪念馆门口的大幅摄影作品吸引：宾翁脸庞亲切，骨骼清朗，目光温润，安详中含着些许倦意。透过镜片，他微凝的目光似乎正看着你，如风一般拂过你和你周遭的景致，嘴巴微抿，长须微颤，谦逊从容。

被他如风的目光拂过，心中油然而生敬仰，一股力量荡涤心中。"凡画山，不以真似山；凡画水，不必真似水。"正如他自己所说，他画的山水显然不仅仅是山水，而是他的故土和大地、民族和家国。

黄宾虹曾说："中华民族所赖于生存、历久不灭的，正是精神文明。艺术便是精神文明的结晶。现时世界所染的病症，也是精神文明衰落的原因，要拯救世界，必须从此着手。"

我想，黄宾虹关于家国的种子，应该在他小时候就已种下。金华古子城的酒坊巷，是黄宾虹的外婆家。小时候，他常常和表兄弟们在酒坊巷及周边嬉耍玩闹。酒坊巷旁，朱大典以身殉家国；酒坊巷内，承载过无数学子的梦想、无数战士的步履、无数革命志士的热血。

濡养黄宾虹的，还有金华的山山水水。他曾在《洞天岚影图》后记中写道："壬戌（1922）春日游金华山洞，访谢皋羽遗迹，忆曩读书狮山仅距十里许。忽忽四十年，余重到此，不禁沧桑之感，率为赋此。"谢皋羽（谢翱）是民族英雄文天祥的知己和部将，在谢皋羽的身上，流淌着文天祥炽热的家国大爱，而金华大地上的人文精神，也无疑在黄宾虹的心中流淌。

2016年，黄宾虹的《金华白沙岭纪游》出现在拍卖会上，画中的村寺置于山谷之间，一道清泉从山涧溢出。画中所绘为白沙寺。

根据《黄宾虹年谱》（王中秀编著）所引黄宾虹早年自述："先是父大人奉余祖母……避兵，由歙西潭渡至浙东金华县南五十里白砂岭。祖母……殡于里郑村之白砂寺"。黄宾虹画中、文中所说的白沙寺和白砂寺，都是我眼前的三白古寺。

三白古寺在解放后收归里郑村集体所有。那位曾经为黄宾虹保管过绘画作品的僧人，还俗成为集体的一员，1967年前后病逝，村集体为他操办了后事，他的坟墓就在村后的山上。三白古寺的房子改革开放后卖给了私人，后来成了我眼前的样子。

三白古寺是黄宾虹人生的重要驿站，他在这里听过早晨的鸟叫、晚上的虫鸣，在山边看过斜阳，从天井仰望过星空……人生没有永不失去的物件和住所，生命无法安顿。精心经营的可能转眼成空，而许多偶然之地却成了安顿之地。最终，唯有内心的坚定、精神和艺术世界的大厦才是不朽的家园，唯有民族强大才是永恒的大地。

旌孝街的烟火

"老板娘，一份烧饼裹油条。"我挤过旌孝街熙攘的人群，朝被顾客围绕的张锡容小吃店的老板娘喊道。"稍等啊。"老板娘三下两下用剪刀剪开长长方方的素烧饼，裹上脆香的油条，用油纸袋包好递给我。因为经常去，也就不用说明辣或不辣，肉或素，圆或方，老板娘一听你的腔调就知道你要什么。有时候，我也会加一份豆浆。总之，烧饼裹油条有满口无限回味的香脆，漂着绿色葱花沉着榨菜碎丁的豆浆浓厚可口。偶尔顾客不太多的时候，老板娘还要与你拉上两句家常。

我常常在这烟火升腾的旌孝老街上买一份早餐，开始我一天的生活。

张锡容小吃店已在旌孝街开了三十多年，而旌孝街比我想象中还要老。

《光绪金华县志》记载："城，旧周四里一百步，高一丈五尺，厚二丈八尺。唐天复三年四月，钱武肃王建。宋宣和四年，知州范之才重筑……旧门十一而存其七，东曰赤松，南曰八咏、曰清波、曰长仙、曰通远，西曰朝天，北曰旌孝……"

旌孝街是古城的一部分，曾经是金华通往义乌、杭州方向的一条主干道，南起将军路，东北至马铺岭背，与东市街、石榴巷、将军路交叉，人群南来北往自是繁华。后来，旌孝街周边相继出现了皮革厂、玻璃厂、造漆厂、农具厂，又是另一番繁荣景象。

关于旌孝街的来历，有一个传说。《金华市城乡建设志》介绍：据传明朝时有吴氏乡间少女，家贫事亲至孝，为母病来买猪肉，被屠夫摸手调戏，她愤怒地夺过屠刀，斩断自己被摸手臂，因流血过多，死于义乌门外的石桥上。桥因之称旌孝桥，街以桥名。

时代变迁，生活在旌孝街一带的人换了一批又一批，在这里开店的生意人也换了一茬又一茬，但老街似乎在二十世纪八十年代的时间里定格，始终热闹市井、烟火缭绕。

如今，旌孝街的早晨总是人头攒动，且不说东市街小学门口上学的学生和送孩子上学的家长，街上买早餐卖早餐、买菜卖菜、买水果卖水果的人们，就足以使这条街人烟稠密。

这条街上原来有一家菜市场，有许多长期摊点，也有由许多临时摊点凑在一起的自由市场。不久之前，这家菜市场被改为超市。菜市场里的长期摊点就成了旌孝街上的副食铺、菜铺、肉铺、水果铺，周边的农民仍会大清早从各地赶来，带着最新鲜的时节果蔬，在街角或索性挑着担子叫卖。

此外，老街还有很多历史悠久的酒铺、饭馆、小吃店、理发铺……这些老商铺，许多都已有数十年的历史，都如百姓的市井日常，朴素、实在。

我经常光顾一家叫“小李副食店”的小店，这真的是一家宝藏商店，油盐酱醋、米面豆果自然不在话下，除此之外，你能想到的关于副食品的东西，都能在这里买到，甚至于你在某个时刻划过脑海的某个念头涉及的东西，也可以经由这里让你想起来。我在这里买到过芡实，形状和色泽都相当饱满；买到过蛋糕粉，做出了蓬松的蛋糕，虽然焦煳了一大片；买过豆豉，把它与豆腐炒在一起，配着小米粥喝，原来人间还有这种香醇的美味……

我曾多次到一家"英英裁缝店"剪个裤脚，裁个袖子。店主人英英阿婆是一位已近耄耋之年的老妇人。她曾经告诉我，她年轻的时候是服装企业的员工。难怪，她一听顾客的要求，就能提出合理的方案，做事理性而利索。她戴着一副老花镜，熟练地穿针引线，丝毫没有因为她的年纪对活计有所影响。她曾说："我喜欢这样做做事，日子过得有意思。"

我经常在早晨和黄昏的时候行走在旌孝街上。在早晨的时候，买早春翠绿的菜心，夏天甜而糯的玉米，深秋色泽艳丽的葡萄，冬天刚刚从水里挖上来的冬藕。在傍晚的时候，买过在街上叫卖的红枣糕、乌饭……这许多东西，都曾给我带来季节的馈赠、烟火的温暖和时光的甜蜜，慰劳我的饥肠，抚平我的躁动，也润养我内心的萧瑟。我一直觉得，烟火不仅是肉身的归宿，也是精神最深情的滋养。

事实上，我上面所说的这条街巷只是旌孝街东北面的半条街，过东市北街，还有西南面的另半条，这半条旌孝街与古子城连成了一体。

我也经常到西南面的半条旌孝街去，街中横向经石榴巷，石榴巷又连太史第巷。石榴巷中，曾有南宋名相叶衡的府邸；太史第巷中，曾经居住过南宋名臣潘良贵。更多的是普通的民宅。土地亘古不变，居住在这里的人们生生不息。这里居住过无数人，居住过无数人的父亲、母亲，住过无数人的祖父、祖母，外公、外婆。

我曾好奇地在此漫游，曾经无意间闯进一位老妇人的宅院，她很认真地审视着我的模样，把我唤成一个叫"如秀"的女子，怀疑我是她后人中的一员，如同我的外婆。

其实，我也差一点把老人家当成了我的外婆。去我的外婆家，要经过一条长长的弄堂，弄堂的边上，是青砖砌成的院子的外墙。外婆居住的明堂很大，有三十多个房间，分为前后两进院子，两个天井，外婆只居住其中的一间大房。天井内，放置着大大小小的缸钵头，一些小钵头里还种着葱苗。而我常去的是外婆的厨房，在外婆居住的明堂旁边的一排房子中的一间。外婆已经走了许多年，那间厨房也只留下一片瓦砾，如同一声叹息。我还记得厨房里的摆设，在门口，有一个旧式的炭炉，外婆的晚年，总在这里用她的铜罐烧饭或煮桂圆红枣汤。在这里，我们曾给外婆送过各个时节的美食，也从外婆那听到许许多多的各个时节的吉祥话语，当然也少不了品尝外婆做的这样那样的美食。如今想来，心里仍然荡漾着温暖。

我到西南面的旌孝街，到古子城，阅读曾经在这里生活过的古人，靠近他们的血肉和脉搏，让我知道丰盛与荒芜、繁华与萧瑟、风骨与谄媚、磊落与阴谋，还有那叹息中的悲怆、绝境下的生机。许多时候，也去看这里的寂静。疫情期间，大部分业态已经关停，偶有商家开着门喝着茶聊着天，街上有偶见的行人和奔跑的孩童。在关停的店铺前，有静静伫立的松，开得正盛满鼻清香的梅。

时间是一条流动的大河，过去转头空，前头无归路，但总有一些东西会一直伴随我们，就如我在另外一座城市的古城边上，又想起了那间已成瓦砾的外婆的厨房。这里虽然不是生养我的故土，但这里的烟火滋养着我的肉身和精神，早已如故乡一起成为我的山川。

北山南水

第二辑

大 地

白沙古堰

只一眼，我便喜欢上了白沙溪。那一刻，我对生活在白沙溪边的人们心生羡慕。

一

白沙溪如同它的名字，干净、质朴、浪漫、神秘，河床上少泥沙，多鹅卵石，鹅卵石也不大，均匀精巧。据说，白沙溪的名字由此而来。

"五一"假期，白沙溪水流不大，只在河床中间不紧不慢地流着，溪水清澈如镜，可见水底的沙石，沙石之上的小鱼虾生猛得很，与沙石一色，一有动静，倏忽之间就从这边到那边，蛰伏在沙石中一动不动……

溪水在低处聚成一个个水潭，水潭又与水潭相连，汇成更大的水潭，缓缓的溪水又把所有的水潭连在一起，一路向东，欢快、慵懒、自由。

在这样的溪水中，似乎往里一照，人世间所有的苦难和忧伤便消散了，只留下天真和野趣。

怒放的阳光在溪水里照出一颗颗童心。不远处，一双双或大或小的赤足小心地伸进阳光照射的水中，踩在沙石上，流动的水纹绕在脚踝上，脚追逐着水潭里的鱼虾，翻动一块又一块鹅卵石，那鹅卵石下藏着的螃蟹迅速地躲到另一块鹅卵石底下去了……

较深的水潭里，有三五浣洗的女子，她们浅卷着裤脚，手上的被单在潭边的"埠头"上细细地搓洗后，被抛成彩色的云朵撒进水中，云朵在女子的手中两三晃动，洗净了污渍，漂进了溪水的清甜、春夏的清香。

如白沙溪的初夏，我的心柔软成一朵白云。我想成为这溪水中的顽童，再长大一回；我愿意成为这溪中干净的石头，守着这里的星辰和烟火。

然而，早在一千九百多年前的西汉，一位将军已把此地作为他的灵魂栖息地，不仅守护着这里的星辰和烟火，而且在这里筑起了"金华版都江堰"。

二

那女子们搓洗的"埠头"，便是这位将军带头筑造的古堰坝的一角，也是白沙溪最深沉而神秘的记忆。

白沙溪是金华婺江的一条重要支流，接纳银坑溪、大铺水、左别源等支流，入沙畈水库，经金兰水库，流经琅琊镇、白龙桥镇，在乾西乡石柱头入婺江，长五十六公里，流域面积三百二十平方公里。

然而，白沙溪曾经如同一个天赋异禀而狂妄的少年，雨季成涝，无雨成旱，滋养这片土地，也不断给伴水依山而居的百姓带来灾难。百姓一次又一次组织修坝，又一次次被冲毁，毁了建，建了毁……白沙溪水患长期困扰着这一方百姓。

也许是偶然，也许所有的偶然都是必然。

东汉建武三年（27），辅国大将军卢文台，带着他的三十六员部将从北向南行进，马队后面泛起了滚滚尘烟。卢文台义无反顾离开朝堂，开始了一段崭新的生活。

《汤溪县志》记载：东汉建武三年，辅国大将军卢文台率部隐退辅仓，垦辟田畴，兴建白沙溪三十六堰。《金华市水利志》记载：志书相传，西汉末，辅国将军（一说骠骑将军）卢文台辅助刘缤、刘秀。刘秀建立东汉后，卢文台率部于东汉建武三年退隐婺南，垦壁田畴，自食其力，居号卢坂。

卢文台一路南下，离一个国家的政治中心已足够遥远，曾经征战沙场的小众人马，此时只怀着普通百姓的烟火之心，想在崭新的政权下建一个自己的桃花源。他们在白沙溪水中照见了自己的疲累，在这个地域广阔、田野肥润、竹木茂密的地方放下了所有争夺和抵御，心甘情愿丢械弃甲。

隐逸是有才能和学识的人的一种特殊的生活方式，他们远离尘世，藏身于青山绿水之间，耕一片地，造一方自己的空间，只为保留自己独立的精神信仰。

在白沙溪畔种田的卢文台目睹着百姓治溪之困，关于治理溪水的难题，如同一场战役的制高点，成为他们的军事目标。效仿夏禹王治水、秦蜀郡守李冰父子兴建都江堰的做法，卢文台带领他的部属和当地百姓上山下水，根据白沙溪的地势落差建起了白沙溪上第一座堰——白沙堰。白沙堰位于高儒村，原堰高四米，全长六十多米，灌溉金华、汤溪、兰溪二十二个村，三万亩良田。

三

卢文台用了一个什么样的"筑堰战略"呢？百姓一直没有做

成的事，卢文台是怎么做到的呢？南山上到处是毛竹，卢文台砍下毛竹做原料，编成一个个"一"字形的"篾笼"，再将鹅卵石装进毛竹篾笼里，装满后，用篾条箍扎实，再将一个个装满鹅卵石的篾笼连接起来，从溪这头垒到对岸，直至垒成一堵篾笼堤坝；为防堤坝被水冲走，又从山上砍下松树横卧并打竖桩，取坚硬的青石固堰。堰坝基础工程完成后，再建泄水闸……这一就地取材的办法果然好用，有了白沙堰，狂妄无矩的溪水终于被驯服。

百姓何其聪慧，只需一个示范，就看到了白沙堰蕴含的智慧和道理，于是，越来越多的百姓加入这一筑堰工程，越来越多的智慧被引入其中。

先建沙畈堰，之后在岭脚建大坟头堰，引六苟潭水建停久堰，岭下建涉济堰……在前后一百七十八年时间里，白沙溪堰群建筑被当地百姓自觉而科学有序地推进着。至三国吴赤乌元年（238），一个纵深达四十五公里，"深掏潭、低作堰"的长梯形堰群建成了。三十六群堰浩浩荡荡立于白沙溪上，立于大地旷野，立于民族甚至是世界的历史中。

如今，这个古老的水利工程仍有二十一堰继续发挥着引水灌溉作用，灌溉农田约二十八万亩。2020 年 12 月，"白沙溪三十六堰"入选世界灌溉工程遗产。

三十六群堰架起了白沙溪百姓与大自然和谐相处的通道，白沙溪流域成为自流灌溉、旱涝保收的数百里沃野和粮仓，白沙溪流域所在的金衢盆地成为浙江仅次于杭嘉湖地区的第二大产粮区。

南宋右丞相王淮以《白沙溪遗兴》记录了白沙溪流域的场景：

白沙三十有六堰，春水平分夜长流。

每岁田禾无旱日，此乡农事有余秋。

从王淮笔下，似乎能闻到新鲜的泥土气息，能看到无数晨光和落日下的劳动身影，还有那春天里如诗般的禾苗，夏天里扑面的稻香，秋天里金色的稻浪……

因为三十六堰，白沙溪流域的百姓在大自然面前，看到了人的局限性，也看到了群体的力量，学会了处理纠纷、团结协作。

从当今尚存的白沙溪堰帖、堰碑、堰规中可以窥见，每座堰都建立了堰会，制定了堰坝管理规定，不断总结调解水利纠纷制度。

光绪三十四年（1908）重修的《万潭堰帖——金华白龙桥三十六堰》中，清晰地绘制了三十六堰的布局地形图，并记录了康熙、雍正、光绪年间当地政府调解村民用水纠纷，合理分配三十六堰运作的协议书。

任何事物的发展都离不开问题和矛盾的不断出现，在问题和矛盾面前，断然不是一触即溃的脆弱，也不是一时谁压制了谁，而是不断想出各种办法使其恰如其分，使其共生、共富、共荣。

人类的文明，是不断地打开一道又一道门，去看一个又一个世界的绚烂。门道有序，只有打开了前面一道门，后面的门才有可能被打开。因为越过了人与自然、人与人相处的门槛，白沙溪的文明走向远方。

四

白沙溪流域的古方村，因为酒业繁荣，古老街市一度人如涌，物成流。长达五百余米的街市自北向南穿村而过，明清时期形成较大规模。

古方村的古街上有一古老的朱氏宗祠，占地两千七百平方米，始建于明洪武早年，扩建于明孝宗弘治年间，重修于 2018 年。祠堂坐北朝南，平面布局为长方形，建筑有三进，风格为典型的明朝早期建筑，带有元朝建筑之风。

婺城区文旅局的朱明升小时候曾在这个院子里居住，这里有他童年的身影。他从白沙溪畔的这个院子里走出去，又回到这片土地上工作，他把对这片土地的情感倾付于白沙溪的申遗工作中。朱明升指引我看宗祠北边的紫阳书院，这个书院曾名震一方，虽已是残垣碎瓦，却是他心中的人才圣地。《金华教育志》记载，紫阳书院建于明代，是古时地方重要书馆，是族人祭拜纪念朱熹的场所，又是本邑子弟读书习经场所。明清时，曾培养了大量人才。新中国成立初，仍做学校使用。

在白沙溪与婺江的汇合处，是临江村和东俞村。白沙溪在这里走完它所有的行程，汇入西去的婺江。白沙溪古堰群的最后三堰——上河堰、下河堰、中济堰执守于此。上河堰、下河堰，位于临江村东南，现已改为橡皮坝。中济堰位于临江村对岸的东俞村，灌溉田地二十余亩，它是古堰群的句号，也是白沙溪的句号。

临江村因为独特的地理位置，一度成为金华客运和货运的集散地，手艺人汇聚，店铺成街，商贾云集。明清时期尤为繁荣，是金华商帮的重要发祥地。

"舟迎麦浪，塔涌松涛，千年雪积，万斛香飘，帆飞柳上，烟锁林梢，灯明渔浦，月挂溪桥。"史料这样记载临江村曾经的景象。

五

我在停久村走进一座名为祖墩庙的庙宇，庙内塑像赤面垂须、高大温和，却让人肃然起敬，正是卢文台。这是当地百姓感念卢文台的治水功德于东汉中平元年（184）所建。祖墩庙占地约五百平方米，共两进，每进各三间，中间置穿廊，左右为壁画，殿上檐悬"白沙大帝""昭利侯""武威侯"等匾额。童三乃义务管理这座庙宇已有二十五年了，今年已七十五岁高龄。祖墩庙已成为童三乃生命的一部分，如今他年岁已高，早早把管理这座庙的责任传承给了儿子。我很惊讶，在两千多年的历史风云中，祖墩庙不知已毁过了多少回，但依然被一种无形而绵长的力量传承至今，如同天井上那些不知名的小草，无比顽强而坚韧。

白沙庙，亦称昭利庙，建于三国吴赤乌二年（239），是金华境内最古老的庙宇。关于白沙庙的选址还有一个传说：三国孙权时期，祖墩庙的香炉在大水中随波漂流到白沙庙现在的庙址，村民们认为这是天地神灵的选择，于是就地造庙祭拜。

在悠远的历史风云中，白沙庙几经毁灭与重建。如今的白沙庙建于1992年，占地九百平方米，坐西朝东，重檐歇山顶，面阔五开间单层，地面铺水泥仿制的方形磨砖，上饰有各式荷花纹样，颇为雄伟。由当地百姓捐款捐物、出钱出力，按原来样貌恢复。

祖墩庙和白沙庙只是白沙溪流域三十六座庙宇中的代表。以祭祀卢文台为主的白沙古庙群，星罗棋布于南山的溪谷平原。三十六座庙宇，与三十六堰相映衬，在数千年的历史中，无数的百姓在历史长河中无言地建设和传承着这一历史的约定。

六

在两千多年的时间里，这里的百姓以坚韧而绵长的民间接力传承着他们的信仰。而对应这份力量的，是同样坚韧的普世之怀，是读懂自然的雄才大略。唯有如此，才能抵达百姓的内心，抵达内心最柔软的地方，然后，百姓拿出自己最赤诚的部分奉上，一代又一代，如同这片土地上的野草，生生不绝。

辛丑年雨季，我再次走近白沙溪。随心而行，迎面撞上了水库大坝，环顾左右，才知这坝就是金兰水库大坝。我赤脚拾级而上，上了堤岸，豁然开朗，但见金兰水库在群山环抱中，烟波浩渺，宛如仙境。金兰水库得天地的精华和这片土地的禀赋，已成为这片土地的生命之源。雨季水量充沛，超过蓄水界线的水，经大坝排泄口源源不断流入下游。

金兰水库往下，白沙溪从琅琊镇边而过，溪边杨柳依依，宽阔的溪面上，有泳者、垂钓者和浣洗者。在岸上行走，可见堤岸上一个个精密的排水口……一切都如此有序，似乎这里的所有，本该如此。

卢文台的塑像立在琅琊镇白沙溪畔，他身形魁梧，头戴斗笠，身穿蓑衣，手持耒耜，明明是一位农民，却更像一位将军，背后没有千军万马，却有无数百姓。他面向东南，正是白沙溪水远去的方向，白沙溪水流出视野，汇入婺江，一路向西，再拐个弯向东流去，连同坚韧而绵长的民间文化力量，一起汇入钱塘江，流入东海。

铁店窑的远征

一

1975 年 7 月，韩国一位叫崔亨根的渔民，像往常一样出海打鱼，他娴熟地撒下渔网，有条不紊地收网、拉网，凭着手上绳索的力度，结合他多年的打鱼经验，他在心里对这一网的收获做了评估，觉得不会有大的收获，但也不会空网而回，总之是再平常不过的一次撒网。渔网裹着渔获慢慢浮出水面，没有崔亨根想象中蹦跳的鱼虾，只有几个瓷器，他显然有些失望，但还是小心地把瓷器捞上渔船。打量了几眼，青瓷，完好无破损；数了数，六件。崔亨根把瓷器带回家，随手给了邻居，自己留下一件。

1976 年初，崔亨根的弟弟来看望崔亨根，他放在家里的那件瓷器吸引了弟弟的注意。弟弟翻来覆去研究一番，又听哥哥详细说完捕捞瓷器的过程，认为这瓷器是古物，建议哥哥捐给国家。崔亨根听取了弟弟的建议，瓷器几经周折交到了当局考古专家的手中，当即被认定是中国宋元青瓷，并意识到海底可能有沉船。

崔亨根怎么也没想到，在他看来再平常不过的一次撒网，却打开了沉睡海底六百五十多年的宝库，一项注定载入史册的海底大考古拉开序幕。

1976 年和 1977 年，考古工作者在韩国新安海域打捞上来一艘元代的中国沉船，考古队员从沉船中发掘出两万多件青瓷和白瓷，两千多件金属制品、石制品和紫檀木，以及八百万枚重达二十八吨的中国铜钱。这一考古成果震惊了世界。

沉船上发掘出的这些瓷器，有龙泉窑瓷器、景德镇白瓷和青白瓷、钧窑系红瓷、吉州窑白地黑花瓷和建窑黑釉盏等。龙泉窑瓷器占大部分，以供器、陈设器和文房器为主，质地好，使用规格高，是非常少见的精品。

然而，考古专家在整理打捞瓷器时发现了一个疑问。

《新安沉船遗物》一书这样描述："钧窑系瓷器有花盆、水盘、壶形水注等，因其釉、胎土和北方的元代钧窑不同，故有可能是南方模仿北方的产品，胎土比北方的稍微粗糙，在施釉上除了黑釉外还有灰水，经两次施釉，尽管如此，既没有朱砂发出的红色，也没有内含的奶色，仅有漂亮的天蓝色。"也就是说，钧窑系瓷器中，发现三个类别的瓷器是异类，无论是釉还是胎土，都和北方的钧窑明显不同。专家由此猜想，这三个类别的瓷器可能是南方模仿北方钧窑的瓷器。

那么，中国南方哪里才是"仿钧窑"的故乡呢？

历史的安排总是充满神奇，在新安沉船发现的"仿钧窑"瓷器之后，金华铁店一座龙窑在一场大雨过后撑开厚重的历史尘土，露出了一抹闪着幽蓝光泽的色彩。

二

元至治三年（1323）春天，万物生长，满眼新绿，金华琅琊铁店村上空，数架烟囱长烟不息。一座座潜伏在山坡上的龙窑，时时幻化出只有这片土地才有的如玉石般闪着幽蓝色泽的瓷器。

庆元（现宁波）的市舶司，连年在这里订制瓷器。依照惯例，今年也不例外。这冒着烟的龙窑里所烧制的瓷器中，就有庆元市舶司定做的瓷器，这批瓷器将作为地方特产，运往韩国、日本等地。对于这张订单瓷器的质量，师傅们都特别重视，因为这不仅关系一桩生意的诚信和长久，而且承载着铁店窑的荣誉。况且，这些瓷器将漂洋过海去往远方，对于生长在白沙溪畔，从来没出过远门的瓷器手艺人来说，有着异样的情感寄托，在这些瓷器身上，融入了他们对远方的渴望，未知的好奇。

这天清晨，龙窑的老板和师傅们对精挑细选的一小批瓷器进行认真包装，慎重地抬上溪边早已等候的小船之上，老板又对伙计叮嘱再三。小船在晨曦中离开溪岸，向远方驶去。小船在晨光中走远，越来越小。师傅们都陆续回到加工作坊，这位老板却还站在岸上向远方眺望，似乎他要告别的不是小船，至于是什么，他也说不好。他眉头微蹙，脸上有着不易觉察的愁容——江西景德镇的瓷器风头正盛，无论是瓷器细腻度还是釉彩的饱和度和亮度，都比铁店的瓷器要好得多，而这些相比之下呈现的不足，铁店瓷一时无法跟上。他留下一声深长的叹息，返身往村里走去。

龙窑老板的担心，在历史的大潮中果然发生了：在铁店村瓷器的难题攻破之前，铁店窑瓷器的市场份额不断减少，甚至悄无声息地抹去。世事总是如此，不可逆转的大势总是在悄无声息中运行。曾经繁荣一时、名声在外的铁店瓷器退出了历史的舞台，铁店龙窑的烟囱不再冒烟，继而又在历史的风雨中倒塌，一个个创造过无数奇迹和惊喜的龙窑，甚至被历史的尘埃淹没。

三

那批 1323 年春天的清晨走出铁店村的瓷器，开始了不寻常的航行。小船一路向北，从铁店村来到金华城，又换上更大的船，西行至兰江，向东至富春江、钱塘江，又辗转来到宁波港。此时，龙泉窑、钧窑、吉州窑、磁州窑的瓷器也一一到齐，所有瓷器一起登上一艘国际贸易大船并开始远行。大船由福建、浙江一带制造，专门用于远航所用，底部的船舱被分成一个个独立的隔舱，即使船只局部被撞破损，也可以把漏水局限在局部，及时补漏排险，航船仍可无恙。

庆元市舶司对这次远航可谓安排精心，然而，也许是目标过大，也许是牵连了某个阴谋，也许只是风浪太大，大船破洞进了水，船底船舱的隔板全部被砸毁，进水越来越多，加上船上的瓷器本身的重量，最终在如今韩国首尔西南四百四十公里的新安海上沉没。大船连同古老中国一般灿烂的历史静寂于海水之下。

时光流逝，铁店窑的窑址已被厚厚的尘土掩盖，远航的瓷器静静地沉寂于水底。一切都无声无息，沉寂于历史，沉寂于时间的洪流，似乎一切都未曾发生。

数百年的时间过去了，人间的景象换了一轮又一轮。景德镇的瓷器在数百年的时间里长盛不衰。瓷器也早就打破了地域和技艺的限制，在历史的车轮和技艺的进步中握手和解，成为互通有无的技艺和资源。

四

不久后，被誉为"中国陶瓷泰斗"的中国博物院陶瓷专家冯先铭前往日本考察。当看到韩国新安海域打捞的中国陶瓷中"钧窑系"瓷器那抹幽蓝色彩时，他的内心有些激动，一个陶瓷界寻找了八年的"仿钧窑"故乡的名字已在他的心里呼之欲出。但本着一位考古学者的严谨，他还要到当地进行考察。

金华本土瓷器研究专家贡昌收到了冯先铭提供的这一重要信息，立即对金华铁店的窑址进行了重点复查，从窑址土坑中采集了大量标本，结果无疑是让人振奋的。

1983 年 11 月，冯先铭来到金华，同行的还有故宫博物院李毅华，中国考古所李德全以及省考古所相关人员。冯先铭在白沙溪畔铁店村窑址中，捡起那散发着幽蓝荧光的瓷片，转头对身边的贡昌点点头，用有些颤抖的声音说道："正是出自这个窑口无疑。"冯先铭是"中国瓷器泰斗"，贡昌是婺州窑研究的地方专家。他们得出的这个结论，不是一件小事——对东南亚的考古而言，悬了八年之久的中国"仿钧窑"瓷器终于找到了故乡。对金华而言，一段灿烂的铁店窑乳浊釉的历史穿破了云雾，重回人间。从此，铁店窑那神秘的闪着荧光的幽蓝色彩为世人所知。

显然，铁店窑乳浊釉瓷器与北方同时期的乳浊釉瓷器有明显的区别。

钧瓷产自河南禹州市，以烧制艳丽绝伦的红釉而闻名，并开创了铜红釉之先河，改变了以前中国高温颜色釉只有黑釉和青釉的局面。钧窑釉色多为紫红、天蓝、月白、青绿等色，色彩变化丰富。而铁店窑瓷器蓝、白、黑相融，釉色呈现紫色、幽蓝，散发幽蓝的荧光，具有鲜明的地方特色。

贡昌先生关于乳浊釉的历史研究收录于他留给后人的《婺州古瓷》中。书中记载，婺州窑瓷业生产开始于商晚期的原始瓷，经过西周、春秋战国、西汉，到东汉晚期烧出成熟的瓷器，从唐到北宋，婺州窑瓷生产达到高峰。唐早期烧制成功的乳浊釉一直延烧到元明时期。

婺州窑在唐代就烧成乳浊釉，其釉变之审美开创了瓷色审美之新领域。位于金华市琅琊镇铁店村的窑址，是婺州窑乳浊釉的代表。琅琊镇内有多处古窑址，大部分为北宋时期所建。铁店乳浊釉瓷，是两次上釉，第一次浸釉，釉层较薄，晾干后，再浸第二次乳浊釉料，然后一次烧制成功。在窑火中自然釉变，这种釉彩具有荧光般幽蓝色光泽，具有玉质感，晶莹美丽，釉面滋润浑厚。这种两色釉技术在中国陶瓷史上并不多见。

唐代茶圣陆羽曾在《茶经》中记载：碗，越州上，鼎州次之，婺州次，岳州次……可见婺州所产的茶具，品质上乘，位居第三，说明婺州瓷器在当时瓷器界有一定地位。宋代茶文化的繁荣，无疑促进了铁店窑的大量生产，并经久不衰，一直延烧到明代。

新安沉船上发现的"仿钧窑"瓷器，被更名为铁店窑瓷器，同新安沉船上的其他文物一起，陈列于韩国博物馆，无声地诉说着古老中国的灿烂文明，诉说着精美的瓷器漂洋过海，远赴日本、韩国等地，那是古老中国的"海上丝绸之路"。铁店窑瓷器散发的幽美荧光，指引着它与故乡重逢，告诉人们它在中国南方的故乡——金华铁店。

我曾在铁店村的山坡上，拾起一片闪着幽蓝荧光的瓷片，在阳光下细看，那幽蓝的色泽无比炫目。那是怎样的色彩呢？晴天，看到热情与执着；雨天，看到忧伤与离别。那是江南的色彩。

万古罗汉

早年看《中国绘画史》，惊讶于《十六罗汉图》的怪异、磊落、慈悲和自由。辛丑年末，我在金华市图书馆历史文化研究成果展示厅的古籍柜中，打开《金华丛书》刻本一四三至一四五卷第十三函《禅月集》时，一股神秘而古朴的气息扑面而来，一种异样的情感弥漫全身。翻开书籍，贯休的背影在朔风中踽踽独行。清人胡凤丹在贯休的《禅月集》扉页上这样写道："贯休一方外耳，而乃以悲愤苍凉之思，写清新俊逸之辞。"《禅月集》是贯休一生的游方，而《十六罗汉图》藏着贯休长留人间的灵魂。

十身《罗汉图》

唐僖宗广明元年（880），中国历史上发生了两件与本文有关的事情：一是黄巢起义军在信州（今江西上饶）遭遇疫病后反败为胜，于六月间相继攻克了池州（今安徽贵池）、睦州（今浙江建德）、婺州（今浙江金华）等地；二是中国绘画史上著名的《十六罗汉图》之十身《罗汉图》问世。

这一年的春天，五十岁的贯体正在金华兰溪和安寺创作《罗汉图》。这是他对江西怀玉山禅寺的一个承诺。几年前，他曾在怀玉山修禅院、建读书堂，在那里读书修行。禅寺向贯休提出绘制

《十六罗汉图》的请求并不突兀，贯休从小出家，又在外游方多年，他的绘画已在社会上颇有影响，由他来绘制《罗汉图》再合适不过了。

事实上，贯休从二十四岁就开始游方，已在外云游很多年。他曾在洪州（今江西南昌）开元寺研修《法华经》，并升座开讲，法名和诗名都盛极一时。之后，他往返于江南各地的名山名刹，遍访浙江、江西、江苏等地官员。贯休是一个僧人，也是一名儒生，他在游方的同时，也在寻找辅政的机会。然而，政权动荡、战火四起的唐末，满怀报国之志的儒生和僧人并未得到待见。

公元 880 年，贯休暂时结束了游方的生涯，回到兰溪和安寺。这个寺院是他儿时出家的地方，这片土地是他的故土。长久的云游之后，他需要安静和独处——他在一次次出发与离别中经历着善与恶、希望与绝望、天堂与地狱的角斗和交替，由此形成的对人生、对宗教的领悟需要进行整理，绘制《罗汉图》正是他内心自我整理的一种形式。

这一年的六月，贯休在和安寺创作《罗汉图》已成十身，黄巢的战火燃到了婺州，他被迫停下创作，携十身《罗汉图》随婺州太守王惓避难常州。世事无常，待贯休完成其他六身《罗汉图》，聚齐《十六罗汉图》托人带往江西怀玉山禅寺时，已是十六年后。千百年后，《十六罗汉图》流入民间，被不断临摹，成为百姓祈雨的灵物，流入历史，成为艺术史上的珍品。

僧人有梦

贯休随王惓避难常州，藏于溪谷之中，后来又与王惓失散，困在破庙之中。怀着济世之梦的贯休，此时只是一个受难的百姓，身无所居，食不果腹，纷飞的战火随时能夺走如蝼蚁般的生命。

秋末冬初，战火渐息，贯休辗转回乡，途经杭州时，受到了钱镠部属杜稜将军父子的接待。面对仗剑战场的杜将军，贯休难掩心中青云之志，以及沉于心中的块垒："少年心在青云端，知音满地皆龙鸾。遽逢天步艰难日，深藏溪谷空长叹。"（《别杜将军》）

这样的苦闷和叹息，在贯休的诗歌中并不少见："恭闻太宗朝，此镜当宸襟……此镜今又出，天地还得一。"（《古镜词上刘侍郎》）"客从远方来，遗我古铜镜。挂之玉堂上，如对轩辕圣。"（《古意代友人投所知》）"子期去不返，浩浩良不悲。不知天地间，知音复是谁？"（《偶作二首》）

婺州太守王惼与贯休惺惺相惜，然而，婺州陷入黄巢战火，他难辞其咎，后与衢州、睦州、杭州太守一起被贬，几年后离世。贯休写下悲惋之诗："世乱君巡狩，清贤又告亡。星辰皆有角，日月略无光。金柱连天折，瑶阶被贼荒。令人转惆怅，无路问苍苍。"（《闻王惼常侍卒三首·其一》）

父母的弃儿

唐太和六年（832），贯休出生在婺州登高里（今浙江兰溪游埠镇），姓姜，字德隐。姜家是一个读书人家，修身齐家治国平天下的儒学思想世代相传，后来家道中落，大概贫困交加，即便贯休从小天资不凡，仍在七岁的时候被父母送到本地和安寺出家。

"年长于吾未得力，家贫抛尔去多时。"（《经弟妹坟》）多年之后历经世事沧桑，当贯休面对弟妹的坟冢时，仍然难掩当年的失落。贯休有弟弟妹妹，却独把他送进了寺院，无论他父母的初衷是抛弃还是处于困境中的周全，从情感上而言，他都是父母的弃儿。

贯休为亲人所弃，却热爱这个尘世和尘世的众生。贯休在受具足戒走出诸暨五泄山寺开始游方后，走进了百姓生活的。在他的诗歌中，有许多对樵夫、农家、渔民、蚕妇等百姓生活的描述："樵父貌饥带尘土，自言一生苦寒苦。担头担个赤瓷罂，斜阳独立蒙笼坞。"（《樵叟》）"风恶波狂身似闲，满头霜雪背青山。相逢略问家何在，回指芦花满舍间。"（《渔者》）

贯休生活的乱世，唐王朝由盛转衰，天下大乱，百姓在战争中煎熬，而被寄予希望的统治阶级却日益糜烂腐朽——"太山肉尽，东海酒竭。佳人醉唱，敲玉钗折。宁知耘田车水翁，日日日灸背欲裂。"贯休这首《富贵曲》与杜甫的"朱门酒肉臭，路有冻死骨"可谓异曲同工。

"霡雨瀌瀌，风吼如劌。有叟有叟，暮投我宿。吁叹自语，云太守酷。如何如何，掠脂斡肉。吴姬唱一曲，等闲破红束。韩娥唱一曲，锦段鲜照屋。宁知一曲两曲歌，曾使千人万人哭。不惟哭，亦白其头，饥其族。所以祥风不来，和气不复。蝗乎蟊乎，东西南北。"（《酷吏词》）赃官酷吏如同蝗虫与盗贼一样侵害百姓，贯休怀着恻然、慈悲、愤懑之情写下这些文字。

在贯休的心里，有两张自画像，一张是儒生，才高八斗、辅政为民；另一张是僧人，传播佛法、普度众生。儒生和僧人，在贯休身上互为转换，有时合二为一。

北方的行者

唐光启四年（888），唐朝政权四分五裂，藩镇占据一方，民不聊生。唐昭宗继位，一心想要恢复大唐的繁荣。贯休大概是在昭宗身上看到了复兴的希望，决定北游。在过去的三十年时间里，贯休几乎走遍了南方所有的割据政权，而北方的那片疆域，仍在友人的诗歌和述说中，他要去看一看北方，看一看他所梦想"一洗苍生忧"的最高指挥部，看一看北方的山河。

"昔时昔时洛城人，今作茫茫洛城尘。"（《洛阳尘》）洛阳作为唐代的重要城市，历经战乱之后已不复之前商铺林立、商贾云集、车水马龙的繁华景象，贯休看到的只有残败不堪的萧条与苍凉。

第二年春天，贯休离开洛阳前往长安。这座一度惊艳世人目光、大唐最繁华的城市，已满目疮痍——公元881年，黄巢军队杀入长安城，在城内四处杀戮；公元883年，唐军各路藩镇攻破黄巢占领的长安城，城内再起烧杀抢掠，"宫室、居市、闾里，十焚六七"。

晚唐诗人韦庄在《秦妇吟》中写道："含元殿上狐兔行，花萼楼前荆棘满。昔时繁盛皆埋没，举目凄凉无故物。内库烧为锦绣灰，天街踏尽公卿骨。"

此时的贯休站在长安的街头，苍凉之景席卷而来——"憧憧合合，八表一辙。黄尘雾合，车马火爇。名汤风雨，利辗霜雪。"（《长安道·其一》）而长安的浩劫远未结束。不久，朱温强迫皇帝迁都洛阳，并"毁长安宫室百司及民间庐舍，取其材，浮渭沿河而下，长安自此遂丘墟矣"。

贯休在长安逗留一年左右，后向西行，翻越陇阪，走出陇右边塞，又北经五台，到达幽州（今河北北部、北京和天津一带）、蓟州（今北京西南、天津北部）。这些地方，是唐代边塞战争历史最为长久、战况最为激烈之地，也是唐代边塞诗歌反复咏唱的地方。

"幽并儿百万，百战未曾输。蕃界已深入，将军仍远图。月明风拔帐，碛暗鬼骑狐。但有东归日，甘从筋力枯。"（《古塞上曲七首·其一》）

"南北惟堪恨，东西实可嗟。常飞侵夏雪，何处有人家。风刮阴山薄，河推大岸斜。只应寒夜梦，时见故园花。"（《古塞下曲七首·其四》）

塞上是关外，塞下是关内。无论是《塞上曲》还是《塞下曲》，贯休看到的情景都是：鬼、阴风、雪、冻雨、寒夜、枯色……凄冷与悲凉充斥着他的诗歌。这些诗歌，成为贯休创作生涯中最为光彩的一页。

江城的浪子

唐景福元年（892）秋，贯休南归。在这之前，唐昭宗拜钱镠为镇海军节度使、润州刺史，承认了他对浙西的统治权。

钱镠占据浙西数州之地，任用大批文武人才，势力逐渐壮大。六十二岁的贯休在钱镠的身上看到了故土复兴的希望，他前往杭州晋谒钱镠，希望能为钱镠效力。贯休欲托付自己的毕生梦想，而对于刚刚完成地方割据的钱镠来说却是可有可无。关于这次晋谒，据说是一首诗引起了钱镠的不快。

引起不快的诗，有两个版本。一个是："贵逼人来不自由，龙骧凤翥势难收。满堂花醉三千客，一剑霜寒十四州。鼓角揭天嘉气冷，风涛动地海山秋。东南永作金天柱，谁羡当时万户侯?"二是："贵逼身来不自由，几年辛苦踏山丘。满堂花醉三千客，一剑霜寒十四州。莱子衣裳宫锦窄，谢公篇咏绮霞羞。他年名上凌烟阁，岂羡当时万户侯？"钱镠遣客吏让贯休改"十四州"为"四十州"，贯休说："闲云野鹤无常住，何处江天不可飞？"

这个流传甚广的"改诗"传说，用于佐证贯休的风骨。但据复旦大学陈尚君教授考证，事实可能并非如此。此诗并未收入《禅月集》，贯休也曾写下："郭尚父休夸塞北，裴中令莫说淮西。"诗中说钱镠的功绩已经超过曾在安史之乱中挽救危局的郭子仪和中唐平定淮西的裴度，溢美之言、渲染之意非常明显。溢美之言可以写，十四州为何不能改？浙西毕竟是贯休的故土，如果改一字能留在家乡辅政，泽被乡里，贯休会不愿意吗？

无论是什么原因，贯休最终没有留下来，带着遗憾再一次出发，溯江西行，前往江陵（今湖北荆州），从此再没回过家乡。

唐乾宁元年（894）的冬天，贯休坐在前往江陵的船上，失望与孤独对他来说已是常事，但心中还是有着挥之不去的失落，他知道自己再难回到故土。他想起了未完的《罗汉图》，便在船上画起来，心中有像，笔有所绘，六身《罗汉图》补上了，《十六罗汉图》终于聚齐。贯休托前来拜见的景昭禅人带给怀玉山禅寺。

此时江陵的割据者叫成汭。成汭早年曾为僧人，在乱世中从军，集结流亡人员为队伍，又乘乱占有荆南，为荆南节度使。江陵历经战乱，破败不堪，成汭"抚辑凋残，励精为理，通商训农，勤于惠养"，这在乱世是难得看到的景象。成汭治理地方卓然有效，对来往或寄住的官员、文士也客气，但他气量不大、性格偏激，本性凶暴多疑，甚至亲手杀掉了犯下不大过错的儿子。

成汭把贯休安排到龙兴寺居住，生活上也很照顾，但贯休性情直率，经常无意间得罪人而不自知，最终没有得到重用。贯休曾作《砚瓦》云："浅薄虽顽朴，其如近笔端。低心蒙润久，入匣更身安。应念研磨苦，无为瓦砾看。傥然仁不弃，还可比琅玕。"诗咏砚台造型拙朴，借喻自己不受重视，被弃作瓦砾的境遇。

贯休驻湖北荆州龙兴寺期间，诸多文士官员前来拜会，其中就有吴融。吴融是越州山阴（今浙江绍兴）人，四十岁中举，先是入蜀平乱，后无功而返，回朝廷任侍御史，又遭人谗言贬到荆南，恰好与贯休相遇。相近的命运让两人一见如故，常常从早谈到晚，太阳下山也浑然不觉。贯休拿出自己的诗稿《禅月集》，托吴融作序。不久，吴融被召回京城。三年后，吴融完成《禅月集》序，唐天复三年（903）死于翰林任上。

前蜀的义子

公元902年，贯休与成汭因相处不睦，被放逐贵州。第二年夏天，成汭兵败投水而亡。七十二岁的贯休西行前往前蜀，受到了蜀王王建的莫大礼遇，从此结束了漂泊不定的生涯。这对于贯休来说，如同走过严寒的荒原迎来阳光，从此，他成了那片土地的义子。

贯休前往前蜀，据说是故友韦庄的推荐。韦庄小贯休四岁，少时凭一首《秦妇吟》名满天下，光启年间游访金华时与贯休结识。晚年，两人共同回忆婺州往事，感慨万千："昔事堪惆怅，谈玄爱白牛。千场花下醉，一片梦中游。耕避初平石，烧残沈约楼。无因更重到，且副济川舟。"（《和韦相公话婺州陈事》）。诗中"初平石"是黄初平的遗迹，沈约所造的八咏楼，历经风雨至今还在。韦庄于天复元年（901）入蜀，得到蜀王王建的倚重，他把贯休推荐给蜀王。在蜀期间，两人相知相惜，有《和韦相公见示闲卧》《酬韦相公见寄》等诗留世。

蜀王为贯休建造了龙华禅院，给他许多封号，如"大蜀国龙楼待诏""明因辨果功德大师""守两川僧大师""赐紫大沙门"等，甚至有长达数十字的尊称，这一串串"冠绝古今"的封号中，可以看到前蜀对贯休的尊重和喜爱。

贯休在前蜀十年，写下了大量诗歌，被尊为一代宗师和文坛泰斗。他的绘画艺术也登峰造极，创作了《应梦十六罗汉》《释迦十弟子》等作品，都曾引起社会的强烈反响。入宋后，宋太宗派人搜访古画，据说把《罗汉图》也携至京城。北宋灭亡后，《罗汉图》大概被金人所获，不知所终。

前蜀永平二年（912）十二月，八十一岁的贯休圆寂，葬于成都北门外。

艺术的绝地

确切地说，贯休的《十六罗汉图》是一个谜。现存的作品不过是传为贯休所作：日本高台寺藏绢本《贯休十六罗汉图》十六幅，日本宫内厅藏绢本《御物禅月十六罗汉画》十六幅，台北故宫博物院藏《贯休罗汉图》两幅，杭州圣因寺石刻《贯休十六罗汉像》（现存杭州孔庙文昌阁），重庆博物馆藏《贯休罗汉图》，北京藏家于四川藏族聚居区收得麻布本《贯休罗汉图》等。不论是真迹或是摹本，贯休的胡貌梵相《十六罗汉图》已流传千年，不影响世人对它的喜爱。

《十六罗汉图》是社会的画像。晋代开始有四大罗汉之说，唐贞观年间唐玄奘译出《法住记》后，十六罗汉受到佛教徒的普遍尊敬和赞颂，并成为绘画的题材在民间广泛流传。佛经中，阿罗汉已断尽三界烦恼，灭除疑惑、痴情等扰乱内心清净、妨碍修行的有碍情感。但佛经中没有罗汉形象的具体描述。为此，罗汉的造像创作，从一开始就带有强烈的民间信仰。画者为尽力表现罗汉的各种性格和姿态，在现实的老幼、胖瘦、高矮、俊丑等大量活生生的人间形象中加以提炼，进行艺术再造和加工，嬉笑怒骂尽显人间世态悲欢。贯休的《十六罗汉图》就产生于这个时期。贯休笔下的罗汉形象怪异，甚至"见之骇瞩"，被尊为"出世间罗汉画"之鼻祖。

在贯休的身上，流淌着中国人物画的血脉——继承了阎立本的技法，吸收了吴道子的风格特点，追张僧繇、曹仲达的艺术之境。

贯休经历了那个年代的所有苦难，他同普通百姓一样流离失所，如同很多文人一样四处漂泊。贯休是那个时代的缩影，但他的《罗汉图》没有时代。

贯休塑造的罗汉粗眉大鼻、长耳宽额，着力表现了罗汉的超凡入圣、朴厚精奇，如同没有生机的枯木败枝。对于贯休而言，枯木败枝不是结束，而是开始，他在枯败的萧瑟与悲凉中独行，走向人生的悲怆、走向绝境，触及那个绝处的点。这个点是死门，也是生门，在寒极之处生出暖，在苍茫中生出风骨，在迟缓中生出磊落。于是，这个世界自由了，在绝处长出新的生命。

生命的萧瑟与孤独，被不屈的灵魂转化为其他的生命形式，成为中国文化史上邈远空灵的绝响。我们从中看到一个艺术家画笔与灵魂的统一，思想在宗教中的觉悟。贯休创造的胡貌梵相是一个独特的艺术生命，他不愧为一位伟大的艺术家。

祈雨的灵物

贯休离开了人间，但他在人间的游方和行走以另外一种形式从未停止。在贯休离世四十八年后，大宋王朝结束了政权割据、战火四起的时代，开创又一个盛世。流传人间的《十六罗汉图》不仅作为人物绘画的杰出作品引起了后人的关注，而且作为宗教意义的"法物"被百姓赋予了祈雨信仰。在《洞天清录》《茶山集》等古籍中，多处出现当地人迎接怀玉山罗汉像祈雨的记录。学者认为，正是因为罗汉像在民间形成的祈雨信仰，贯休的罗汉像才被不断摹本、广泛传播，继而形成贯休罗汉像的伟大传统。

这实在是一个天地和历史的绝妙安排——贯休一生践行辅政为民、普度众生的理想，却生逢乱世漂泊一生，而他留下的《十六罗汉图》，带着他未完的心愿，长留人间，普度众生。

故事还在继续。

"怀玉山版"《十六罗汉图》其中一套非常优秀的摹本，辗转来到慈圣太后的手中，慈圣太后又将此图赐给明末高僧紫柏真可。《十六罗汉图》由宫廷流入寺院，藏于一小庵，又被其他寺院重金购去，最终流入杭州孤山南麓的圣因寺。

清乾隆十六年（1751），乾隆帝第一次南巡，时值皇太后六十生辰，圣因寺住持将此画献于太后祝寿（罗汉不入涅槃有长生之意，最适合做祝寿之礼），乾隆以"佛刹旧物，应归名山"为由退还。

六年后，乾隆帝第二次南巡，在圣因寺再次见到《十六罗汉图》。这次他对《十六罗汉图》进行了细细研究，对此画的艺术水准大加赞赏。他认为因"沿译经之旧"致误的名号音译和位次，令章嘉国师加以订正，使其符合《同文韵统》规范，并在原题记下方亲自题写赞文记录此事。此外，还通过添加今译名号和题赞，使之具有时代色彩。实在爱不释手，乾隆帝又将此画送宫中进行复制，存留摹本后归还原作。

清乾隆二十九年（1764），圣因寺住持将《十六罗汉图》摹勒刻石，在原画题款下加注了乾隆修订的名号位次，这便是石刻圣因寺罗汉像。石刻版本更有助于供奉瞻仰，也利于传播和示范，自此之后，这个经乾隆帝修订的石刻版本，成为清代中后期罗汉画创作和著录的标准。

此后，石刻圣因寺罗汉像的拓片被带去各个地方进行复刻，不同尺寸、不同媒质的《十六罗汉图》广为传播。

后来，乾隆帝看到《秘殿珠林续编》著录的《吴彬画十六罗汉图》，命董诰代为题跋，提到此本与圣因寺藏本互有同一，称"佛法即空、即色，一切法化报身皆非我相，是一，是二，原不必作分别想"。

故乡断想

秋日回乡，在暮色里回程。我走出老家村口时，成片的田野和田野里的天桥、树木、庄稼正沐浴在金色的霞光里，天边挂着一轮圆而大的红日……我开着车驶进这片霞光的海，带着某种神圣，再一次被家乡的晚霞洗礼。

霞光由金色变成红色、由浓烈变为黯淡，一点点坠下天边，一股凉意不由涌上心头。许多人一生的使命，就是远远地离开生长的土地，就如这片土地上的庄稼和树木，长得越高离地越远。离家的游子，每往前走一程，总要回头去看，再往前走一程，再回头去看，在想念中走远，在走远中想念。而他们的路，是山是水，是雨是晴，是崎岖是泥泞，只有他们自己知道。

"行路难，行路难，日暮途远空悲叹。"我想起贯休的漂泊。他最后一次回到家乡，是他六十二岁那年晋谒钱镠之前，他大概猜到晋谒的结果，但仍然要奋力一试，毕竟，这是他的故土。而这次晋谒，却成了他与家乡的诀别，从此漂泊异乡、葬于异土。

我去过贯休的家乡兰溪游埠，那是一个商埠重镇，那里的早茶远近闻名。天刚亮，老街的商店卸下的门板，就地摆成了简单的茶桌，茶客们在桌旁一坐，时光就在这茶水蒸腾出的缕缕雾气中缓缓流去。世事无常，无论我们眼下面临怎样的境遇，都要保留一颗坐下来喝茶的心，让自己在人生的境遇中安下心来，在老街来往的行人之中参悟喜忧更迭、冬春交换。

隔着千余年的时间，游埠已经很难找到贯休的气息。老街不远处的贯休祖庭，是家乡对游方在外的贯休在历史中一个遥远的挂念。贯休一生游方，自言"青山万里竟不足"，但思乡心切总盼归，曾道："家在严陵钓渚旁，细涟嘉树拂窗凉。难医林薮烟霞癖，又出芝兰父母乡。"

贯休少时出家的和安寺早已不在，遗址上有一个叫寺基的村落。贯休研究者朱之辉在《后街的倒影》中写道："离游埠镇不远，有一个村子叫寺基。对于游埠来说，这是一个富含文化意义的地方。因为这里原来的寺庙，是游埠历史上一个绕不开的存在——和安寺。只是这个寺庙在明代末年被毁，原因是什么，不得而知。"

道学里

一

兰溪市香溪镇的北山村村口，有一片古老的树林，最大的樟树树围已经需要两人合抱，枫树、松树等各种各样的树木紧紧地挨在一起，树上缠绕着各种各样的藤蔓。"那是栎树！"慈波看到栎树，如同看到了自己的童年。我随着他的视线仰头望去，树枝离地已有八九米之高，那是我所见过的最大最高的栎树了。树上挂满了绿色而饱满的栎子，栎果底部围着圆形的果脐，正是我们小时候玩过的栎子模样。慈波与我是同时代人，他生长在安徽，我在浙江，但在栎树下，我们都用竹枝或火柴棒穿过这饱满的栎子，蹲在地上把小小的栎子转成小小的陀螺，黄昏也忘记了回家。那栎子底部的圆形果脐，我还与小伙伴们用沙子、泥巴、水与之拼凑过许许多多的游戏。

到了冬天，栎子果会越长越坚硬，颜色也由绿色变成淡黄色，再变成红色、紫色。这个时候，大人们便把栎子采摘下来。用石臼春去果皮，加工成栎子粉。

先是把栎子米放在水里浸泡一周，用石磨碾磨成浆，再用纱布滤去果渣，留下来的浆水在木桶里存放一天一夜，清水之下就是厚厚一层白色的栎子粉了。倒掉清水，趁着冬天早晨的太阳把栎子粉晒开的时候，太阳光中弥漫着收获的喜悦。晒干后的栎子粉形同红薯粉一般，可以长期存放。食用时，把栎子粉加水调和成牛奶状，倒入锅内慢慢煎熬，不停搅拌，烹至糨糊状时，倒入盆中，冷却，"栎子豆腐"就做成了。我记得，栎子豆腐总是在夏天的时候食用，棕黄色，很有弹性，用刀切成小小的块状，加上白糖，挺美味的。后来，我们在栎子豆腐里加入切成小块的西瓜、桃子等，也非常美味。

二

栎树的不远处，立着一块跨路的牌坊，牌坊上横刻着"婺学开宗"。"范浚挺伟大的！"慈波在栎树底下说道。"伟大？"我重复着他的词，慈波是浙江师范大学的教授，他的词语背后定然有内容。"他的生活圈并不大，主要就在这片地方，但他提出了心学的思想，虽然没有形成系统性的理论，但已经很伟大了。"慈波补充说。

历史记载，范浚不仅提出了心学的思想，还写下了著名的《心箴》：

茫茫堪舆，俯仰无垠。人于其间，眇然有身。是身之微，太仓稊米。参为三才，曰惟心耳。往古来今，孰无此心。心为形役，乃兽乃禽。惟口耳目，手足动静。投间抵隙，为厥心病。一心之微，众欲攻之。其与存者，呜呼几希。君子存诚，克念克敬。天君泰然，百体从令。

意思是说，天地茫茫，俯仰之间没有边际。人在天地之间如此的渺小，就好像是大谷仓中的一粒米。然而伟人能够与日月同辉，与天地长存，不是因为普通的肉体，而是因为心，因为精神。如果心被欲望所吞噬，人就变得非常可怕，成了畜生。口、耳、眼、手、脚的动静间隙之间，是人的心之病源。心的微细之处，恰恰是欲望攻击的地方。能够发现本源而存留本心的人，少之又少。只有不断地克制欲念，保持警惕心存敬意，这样才能够使本心安定，一切听从指令而安然。

《心箴》短短九十六字，在后世引起了很大的影响。《心箴》所主张的"只要心不失职，对事物之理有正确的认知，就不会被外物所迷惑"等思想，引起了朱熹关注，并引进《孟子集注》。后来，《心箴》又被南宋理学家真德秀（1178—1235）抄入他的《大学衍义》。南宋吏部尚书赵顺孙（1215—1277）也将《心箴》引入他的《孟子纂疏》。在明清时期，《心箴》流传更广，甚至屡屡上达天听。大学士朱善给明太祖讲过《心箴》。

明嘉靖六年（1527），明世宗听经筵讲官讲解《心箴》后拍案叫好，附了注解，并下令刊刻于天下各省、府、州、县学宫，并在翰林院、两京国子监盖起亭子，把范浚的《心箴》连同御注刻在巨碑上。已长眠于地下的范浚，因为《心箴》一时名满天下。

范浚不仅有才名，而且出身名门。他的祖父、父亲都是进士，又都是柱国。到范浚这一辈，十个兄弟，有八名进士，一名举人，另外一位就是在乡里教书排行老八的范浚了。他的家族，被称为"一门双柱国，十子九登科"。

这里是范浚的墓园。具体地说，是一片树林中，用一圈矮墙围着的墓地。墓地很朴素，墓前立着简朴的"宋贤良范香溪先生之墓"石碑，小字是"大清乾隆岁在癸未孟春吉旦，十八世孙有录立"。墓顶还另有一块墓碑，因碑刻久远，刻文已模糊不清。根据其他文字的佐证，应是"宋贤良香溪先生范公之墓""康熙甲戌"。此外，墓的右前侧也有石碑，碑文写道："宋贤良范香溪先生墓，公元二〇〇六年清明重修。"显然，范浚墓历经多次修葺，最近一次大修是在 2006 年。

墓园内没有阴冷气息，却环绕着人间的烟火。墓园周围，几乎被民居环绕，有一座房子甚至直接在墓地后面紧紧挨着。范浚已故去千余年，他在民间早已化为文化、思想、福泽的代名词。村民们大概觉得，与范浚的墓毗邻而居，也可以沾沾他的才气和福气。金华文史专家吴远龙已来过多次，好像来看一位隔壁的大叔，来到他的墓前，与他亲切地打声招呼，然后商量着北山村的文化建设和传播。

我在范浚墓园前驻足五六分钟，有三位村民走过，一个中年男人肩上扛着锄头走过，看了我们一眼，似乎我们此时本就该在此地驻足。一个妇女走过，对我笑笑，我也笑笑，问道："你家住在附近?""是的，我们经常从这里走。"一个阿婆手上提着一只篮子，心无旁骛地走过。

三

出了村口的树林，顺着村口的道路往前走二三十米处，立有一座跨街的牌坊，上面写着"道学里"。这三个字，显然是用以概括范浚在此教书育人的那段历史故事。牌坊的旁边，是一口池塘，叫沙门塘，从大致地理方位来看，池塘离范浚墓不远。

资料记载，范浚墓的旁边就是宝惠寺，范浚一生的大多数时光，就是在那里教书为业。那么，在池塘和范浚墓之间，应该有

/ 北山南水 /

宝惠寺所在。清光绪《兰溪县志》记载：宝惠教寺，梁大同二年（528）建，旧名凉泉，唐咸通年间（860—874）改名延庆，宋祥符中改为宝惠。

然而，一切早已不复存在了，如今只留下一片虚空，那片虚空里，曾经有过怎样的琅琅书声和春秋冬夏呢？

"春来物色已争妍，梅柳低昂古道边。放步径从莲社去，逃禅要学饮中仙。"春天来了，村边的田野百花争艳，古道边的梅花昂头傲立，垂柳已露出新芽。范浚从寺院里逃出来，到山野里喝酒。

"空阔野云疏，行行思郁纡。露花啼晚菊，风叶舞高梧。日落牛羊下，天寒雁鹜呼。"在天高云疏的山野走着走着，范浚又忧伤起来。菊花怒放，梧桐的叶子在风中飘落。斜阳西落，牛羊从山坡下来，天空中飞过的寒雁发出几声鸣叫。冬天来了。

"老去长闲百不营，推书习静更真清。西窗日脚篱筛动，时有飞虫扑纸声。"有一年的暮春时节，范浚病后初愈起来看书，篱笆和筛子的影子映在西窗外的墙根，时不时有飞虫扑到书上来发出声响。

范浚的日子，宁静、自在，有岁月的幽香和光阴的肌理。但他依然是一位忧国忧民的儒生。"清规看后裔，贤业想前人。会续安边策，何当谒紫宸。"（《次韵富修仲见赠二首》）在这片虚空里，三十七岁的范浚撰写了《进策》二十五篇，全面分析了南宋初期的政治、军事，涉及用人、改制、增钱等问题。

四

范浚的生活如同陶潜一般，喝酒，看山看水，临风观云。陶潜在开始过这样隐居的生活之前，曾经当过官。但范浚的一生，从未参加过科考，一生未仕。

范浚是家族的叛逆者。他生于名门望族，如果他想求取功名，凭他自己的才学、家族背后的影响和人脉，即使靠荫恩，混个仕途是件容易的事，但他偏偏远离功名，离群索居，按照自己的意愿生活。他与四季轮回在一起，与山风、鸟鸣在一起，与学生乡民们在一起，与自己在一起。就如美国摇滚、民谣艺术家鲍勃·迪伦的宣言："能做的一切就是做我自己。"鲍勃·迪伦的宣言，是他在这个世界的自我确认。范浚在寂静的山野，开启了更多的可能。

"鹊噪得欢喜，乌鸣得憎嗔。乌鹊自有口，噪鸣何预人。乌飞声哑哑，鹊飞声喷喷。凡鸟从纷纷，未用置肝鬲。"（《杂兴五首·其四》）喜鹊叫是欢喜，乌鸦叫是憎嗔。喜鹊和乌鸦都有口，喜鹊叫的是喷喷的声音，乌鸦叫的是哑哑的声音。大家都认为它们的鸣叫预示着不同的内容，可是我们何必放在心里呢，自己才是自己的主人。范浚用心学思想浸润着日常烟火，不知他对心学的领悟，是一时的顿悟，还是长期思考的结果，总之，他打开了一扇学说的大门。

范浚去世三十二年后，五十二岁的朱熹已形成理学的系统性思论，他评论范浚"其学甚正"。南宋开禧三年（1207），八十三岁的陆游作《宋香溪先生范公传》，赞曰："先生真豪杰之士哉。孔孟既没之后，圣贤心学不传，寥寥千百余年矣。至宋仁宗朝，则有若濂溪周子（周敦颐）得不传之学倡导于前，河南二程子（程颢、程颐）、横渠张子（张载）相继于后，东南知有圣贤心学，实自先生始。"

北山村村口的那片古树林，是否是宝惠寺的一部分，抑或在宝惠寺的旁边，已不得而知，那片土地以怎样的方式陪伴过范浚，也已无从知晓。

树林里的古樟是因为怎样的机缘种下的呢？《范氏家谱》记载："范氏后裔范继宗从香溪镇东井巷东厅……迁居于宝惠寺即贤良共讲学地也，今仍构堂颜其额为香溪书院，子孙环居焉……"原来，在范浚离世三百多年后，范氏后人其中一支因为追慕范浚，搬迁到他当年教书讲学的保卫村，他们迁居到此地之时，种下了一片风水树，范氏后人在此繁衍生息。

我想，道学里的含义，应该不仅仅是记录了范浚在此讲学著书的历史，应该还有他勇于按照自己的意愿生活并开拓的辽阔世界。

可友亭

我执意在金华曹宅寻找一个已荒芜于历史长河，名叫可友亭的地方。

一

曹宅是一个偌大的苗木园，无数以苗木种植为业的村民，把这里打造成一件恢宏的苗木作品，其间大大小小的村庄，不过是这个园中小桥流水人家的点缀。

曹宅是曹宅镇所在地，下辖曹宅、贾店、郭门、地理壁、加元里、石头元六个自然村。曹宅，是自然村名、行政村名、镇名。曹宅自然村有拱坦老街，像一根扁担，挑起东坦溪、西坦溪，街道两旁存有古老的商铺，商铺楼上还留有精雕细刻的护栏，执着守护着这条街道在明清时期曾经有过的繁华。

《郑氏宗谱》记载，郑氏先人在唐天祐二年（905）从福建避难兰溪，其中一支迁到现在的曹宅，起名拱坦。

《郑氏宗谱》中还有一张古老的简易地图，地图上有金龙巷郑氏宗祠，还有可友亭。这座可友亭，正是我要寻访之地。根据老地图提供的方位，以及村口的老樟树作为位置参照，大致可估计可友亭的曾经所在。拱坦老街往西，有金龙巷，金龙巷旁是围着围墙的一片改建工地。就是这片地方，在过去不远的年月里，郑氏宗祠还矗立于此，在数百年之前的清朝，郑氏子孙还对这里的郑氏宗祠进行修建。

老樟树在坦溪的拐角处，树围已需要多人环抱，枝叶遮天蔽日，根据树上的挂牌提示，2018年立牌时是一千零一岁，它显然是这片土地上最古老的生灵，在时间的长河中傲立众生，旁观这片土地的沧海桑田。

我穿行于曹宅的街巷之中，突然有些恍惚：我家阳台上今年春天刚刚发芽的一株芥草已开花结籽；记忆中还牙牙学语的小侄儿，已长成翩翩少年，开始与我谈论人生；一棵樟树从小苗长成了参天大树。为此我怀疑，我为寻找一座亭阁翻越的近九百年时光，只是翻越了一个春天。

根据郑刚中研究会秘书长郑少杰提供的信息，寻找、目测、对照、估计，可友亭就在金龙巷不远处，西坦溪旁那片已用作停车场的地方，那是一片宽阔所在，旁边几处低矮的老旧房子正在拆建，不知会改成什么新的建筑。停车场西面，几排房子与停车场隔溪相对，再往西是一片田野，目光所及的尽头是与北山山脉连在一起的连绵山峦。此时太阳西落，斜光照耀着这方天地，宁静而美好，却已寻不见一丝可友亭的痕迹，只有一片孤寂。

近九百年前，郑刚中就生活于此，此处有一座宅院，宅中的院子临溪，溪的另一边是一片田野，田野的尽头还是那连绵的山峦。郑刚中常常立在溪边向西遥望，说是遥望风景，其实是遥望挚友潘良贵居住的方向。后来，他索性在这里建造了一座亭阁，取名"可友亭"。

为寻找这座可友亭，我多方打听，开始去了郭门村，最后才找到了这里，并两次在此徘徊寻觅。我问自己，为什么执着地要在一个地理位置上寻找一座久远于历史时空中的亭阁？我知道，我寻找的不是亭阁，而是这亭阁的主人当年留下的一声喟叹，遥望远方的一个背影，这喟叹和遥望里，有着两位宋代士子的人生浮沉和相知相伴。与其说是寻找他们的喟叹和遥望，不如说是寻找我们自己的，在这莽荡人间，谁不曾孤独？谁不曾茫然？谁不曾渴望相知？

二

郑刚中立于这坦溪之畔的可友亭中喟叹："郑子居此山之下，傍无邻墙，于众异趣，每慨与友者。"在这村落之中，郑刚中骄傲而孤独，他是一个另类，他与一个村庄的人住在一起，实则只有他自己。他整日与山为邻，与田野、溪流、朝阳、夕落为伴，事实上，他比谁都渴望朋友，渴望被理解。

郑刚中是在南宋建炎年间（1127—1130）建起这座小亭的。在此之前，宋王朝经历了靖康之难，而在郑刚中的生活里，方腊起义打乱了乡间生活，母亲在战乱中病故，求试漕司（管理催征税赋、出纳钱粮以及漕运等事的官员）不得，参加礼部考试不第……此时的他已过而立之年，已没有多少岁月可以蹉跎，前路茫茫，悲凉交缠，甚至于就这样老死乡里的恐惧感都经常袭来。此时，时常来往的朋友又因为科举及第或生意发达弃他远去，他感慨道："两贫必相友，一或富焉，则气味俗恶，吝畏人，贫者固不肯与之友矣。两贱必相友，一或贵焉，香火热，各从所类，贱者不与友矣。"彼此都贫贱，是成为朋友的前提，但只要任何一方富贵，这朋友的关系也就不复存在了。但在郑刚中看来，有一人例外，这个人叫潘良贵。

郑刚中与潘良贵少年相交，潘良贵长他两岁，但此时的潘良贵已进士及第十年，时为南宋的左司谏。郑刚中相信立于朝堂之下的潘良贵不会因为自己科举不顺而弃他远去。他相信两人之间的友谊，似乎又有一丝不确定，于是，他写信向潘良贵求证："比于囿中，创小亭名'可友'。""今以小记奉呈，暇日能以一诗光之否？"郑刚中的求证很含蓄，也很小心。

潘良贵似乎洞悉郑刚中的内心所疑，很快回作《郑亨仲作亭西山颜曰可友以书求诗为赋一首》："君不见子猷嗜好与俗殊，种竹不可一日无。又不见太白清狂世绝伦，举杯邀月独相亲。风流二子去已远，尘埃那复闻高人。郑侯未遇身更闲，躬耕自乐岩谷间。开亭容膝日寄傲，坐对嶕峣崒嵂之西山。西山苍翠如堆玉，松奏笙竽云作屋。澄鲜爽气日夕佳，不学时情易翻覆。田文唾面嗔小儿，翟公署门良可嗤。悠悠权利悲一时，乐哉此友谁能知。郑侯与我论心久，年少相从今白首。对山勿著绝交书，要须著我成三友。"

潘良贵把郑刚中比作东晋名士子猷、举杯邀月的李白，又说，我们少年相知相伴，如今人到中年青丝夹杂了白发，你不能因为自己一时不顺而对我们的友谊有所怀疑。

古往今来，"学而优则仕"作为最强大的集体意识磁场，是所有读书人都逃不开的命运。此时的郑刚中需要一个功名。潘良贵是了解郑刚中的，他把对郑刚中的相知都放在"未遇"两字里，鼓励他要坚持，相信他一定能遂心如愿。

三

在这段友谊中，郑刚中是有些自卑的。潘氏是大家族，读书成风，人才辈出。潘良贵出身名门，又少年得志，十四岁入州学，十九岁入太学，二十二岁进士及第。

郑刚中的祖上经商，他的父亲也为一县之令，并与欧阳修等人交好，但与潘良贵相比，似乎还是矮了一截，最关键的是，郑刚中自己迟迟没有求得功名，这是他心中最为自卑之处。

建炎年间，国势危急，派系斗争激烈。身在朝堂的潘良贵虽然不乏才华，却是个耿直之士，在朝中受到排挤。郑刚中身处可友亭中，与远方的潘良贵一起对话家国仇、英雄志，看山峦落日，怅然长叹，长叹之后又回到眼下，因为只有眼下才通往未来。

郑刚中给潘良贵写信道，南北宋之交时的国家满目疮痍，就像元气大伤的病人，只是经过粉饰，保持了外表的光鲜。国家此时要恢复元气，需要摒除小人、留待君子。但君子与小人的并存于朝又是历朝历代的普遍现象，小人不会彻底摒除，君子不会永久顺利，两者总处在动态的牵制之中。郑刚中语重心长，希望潘良贵身处朝堂，规劝皇帝讲究方式方法，保全自己。

郑刚中与潘良贵讨论的是为官为臣的方法论，而他们共同的理想早已无数次确认。潘良贵的身上，有着范仲淹"先天下之忧而忧，后天下之乐而乐"的影子，他一生贫寒，拒绝了无数权贵的联姻，却娶了范仲淹家族的孤女为妻，他已用自己的行动表达了理想。郑刚中曾作《自笑》诗云："他人将钱买田园，尚患生财不神速。我今贷钱买僻书，方且贪多怀不足。"

南宋绍兴二年（1132），郑刚中终于摘得"探花"，这一年他四十四岁。就两人的友谊而言，郑刚中终于跟上了潘良贵的步伐。郑刚中初涉仕途任温州判官，就遇到百年大旱，谷物无收，民生凋敝。郑刚中想了很多办法，仍然"春寒多雨，秧种未绿，使人食不敢饱"。一筹莫展的他最先想到的求援对象是潘良贵，他写信询问潘良贵对灾情的处理对策："有可警教者，愿时赐之。"在潘良贵的帮助下，郑刚中提出"以工代赈"的方针，也就是鼓励灾民自主自救，按照完成社会公共工程的情况给予赈济财物，郑刚中的不俗政见得到了秦桧的赏识和推荐。

历史资料显示，在郑刚中和潘良贵相识后的数十年时间里，两人一直保持着频繁的书信往来，彼此扶持着走过人生的种种困境。虽然潘良贵写给郑刚中的书信大部分已遗失，仅有《郑亨仲作亭西山颜曰可友以书求诗为赋一首》，但郑刚中的《北山文集》中，留存着大量与潘良贵往来的诗文、书信。

四

南宋绍兴十年（1140），潘良贵几经沉浮离职奉祠，十年不出。南宋绍兴十二年（1142），郑刚中任川陕宣抚副使。人生充满着无数变数，潘良贵辞别朝堂两年后，郑刚中前往川陕，去实现他的家国理想。

郑刚中所治理的川陕地区，是南宋的军事要地——为抵抗北方金人，南宋朝廷将千里江面设为重要防御带。川陕作为南宋的襟喉要地，大批北人在混乱中南渡长江、西入川陕。中央与地方官员之间是一种依赖并防范的敏感关系，官员之间关系更是错综复杂。地方上，武将集团崛起，重兵在握。在郑刚中前往四川之前，四川制帅张浚被贬黜，胡世将心力交瘁病逝。

郑刚中来到川陕，开展了军民营田运动，鼓励士兵携带家属在边塞营田，鼓励流亡百姓开荒种地，一起重建家园。郑刚中凭借险要的地理位置，在川陕取得了实战防守和战略防御经验，为后来旷日持久的抗蒙建立了强有力的防御体系。

在四川的军事和经济形势不断转好、郑刚中的权力不断加强的时候，南宋绍兴十九年（1149），郑刚中却被贬封州（今广东）。

郑刚中在封州，穷困潦倒，贫病交加。"屋后云深鸡失晓，厨中饭尽鼠嫌贫。五更小雨却堪喜，数垄寒蔬色已新。"在人生失意时，郑刚中需要酒，却经常因为买酒被戏弄折辱："旁有酒肆，终日不售。予往沽之倍贵，谓予无占位牌，诈官也。"

此时的郑刚中无炊无酒，感觉自己的人生已快走到尽头，对潘良贵说出了一个长埋于心底的心愿："宣和间，尝拟为先公墓表。窃纪潜德之大概，以俟作者。""惟公乡井笔砚之旧，知某最深。今兹名位瑜分，满盈之祸，恐勿克逭。官田之山，松楸拱抱，而下无信后之碑。先公所留诗文二十卷，又悉因盗火化去，其何以流清芬于永久？窃名贲身，日复一日，荣不盖痛。公幸怜之，赐以大笔，表之墓上，使他时不肖孤骨朽，而丰珉不坏，则存没之光，不一朝夕止，敢状以请。"

郑刚中大概觉得，自己之前功业未成，无颜面对逝去的父亲，此时被贬封州，人生已走到边处，有所成就也好，身败名裂也罢，他都问心无愧，为此恳求潘良贵为自己的父亲作墓志铭。

此时此境提出这样的恳求，在潘良贵看来，更像是一种诀别。潘良贵回信说："先中奉长者之声，人谁不闻，文字其敢轻道？然念福庆山先人之藏，亦未有铭，非公无所托者。禄食迷误，兹志往来于怀，久而未敢有言。读来示荣不盖痛，不知涕泪之横落也。

/ 北山南水 /

要是二老人之遗美，当互见吾二人之手，此菲陋今日所以不得辞。"能够为郑父写墓志铭，潘良贵不敢轻待，同时也郑重恳请郑刚中撰写自己父亲的墓志铭，交换为美。潘良贵的恳请大概又别有深意，他希望这个约定能伴着挚友熬过人生的严冬。

然而，两人的约定最终没能实现，潘良贵没有等到郑刚中走出严冬，自己已身陷困境。

五

南宋绍兴十九年（1149），潘良贵在困境中匆忙为自己的人生画上了句号。

潘良贵逝去的消息传到封州，郑刚中悲痛欲绝，作《哭潘义荣二首》："沈约楼前落叶黄，朝来玉折报潘郎。一区每叹悬如磬，三版俄惊戒若堂。泉石半生闲日月，丝纶余事入文章。但应只有凋零恨，雁尽云空不见行。""少年联辔入京华，阔步超群便起家。亲览声名高汉殿，忧时踪迹仅长沙。藏刀所在留余刃，怀璧终身不见瑕。老眼看公春梦散，不胜哀涕落天涯。"作为挚友，郑刚中无疑是最了解潘良贵的，潘良贵一生清贫，不慕权贵，历经三朝，仍保留着一颗国为民的赤诚之心。

郑刚中在《拟墓表系省记》写道："报至未几，某以罪恶暴着，物论勿容，上怀不忍，止放南裔。年余，待制潘公亦已倾逝。呜呼！我之所以托公，公之所以属我者，皆不遂矣。窃伏自念，衰瘁余生，裹以瘴疬，其何能久，谨录始末，以付后之有立者。"逝者的墓志铭未写，挚友潘公已去，只留下郑刚中在思念中聊寄余生。

人生如逆旅，我亦是行人。潘良贵故去四年后，郑刚中也在凄凉中走完了一生，终年六十七岁。在南宋抗击北人的最前线，精心锻铸过民族骨骼的郑刚中，在秦桧死后，其资政殿学士的官职终被恢复，追谥"忠愍"。

两公都已去，吴师道有诗云："潘公挺挺立雪松，郑公矫矫当道熊。扞排老桧竟死终，平生大节将无同。岂无他人笔画工，两公联比得所从。再拜稽首桑梓恭，凛然百世犹清风。"

可友亭，是郑刚中为潘良贵所建，郑刚中在亭中，与挚友灵魂相伴。这亭中，弥漫着友情的芬芳，也放置着郑刚中人生的信仰，灵魂的倔强。家国仇，英雄憾，望尽天涯路。如今，可友亭早已湮没于岁月风雨，两人一生的友谊，以及留于此处的茫然、喟叹和坚持，已把这短暂时空里的小小空间延展为一个悠远的秘境。

/ 北山南水 /

车慈岭红枫

一

　　到达车慈岭，是在一个早晨，山石草木还带着微微的湿气，阳光轻轻地停在树顶红透如琥珀的枫叶上，并透过枫叶的罅隙星星点点照到下边的枫叶、枝丫、粗大虬曲的树干上，照到树下的草木上、石阶上、落叶上、地上。这里的山石树木睡眼惺忪，似乎还没有完全从梦境中醒来。

　　车慈岭是一条古道，在东阳市千祥镇与磐安县安文街道交界处，为古代连接天台、仙居、磐安、东阳、永康、金华的茶盐古道。如今古道上已不见挑着茶盐担子的挑夫，也不见行走其间赶集、访友的村民，但岭上七十多棵古老的枫树，千余步石阶，仍然吸引着游者的目光，特别是枫叶红透的立冬时节。

　　从东阳千祥镇马鞍山进入古道，两旁是梯形的山野，茶油树的枝头白色残花点点，灰褐的枯草绵绵。走不多远，一排高大的树木在前方相迎，如同一场戏剧的开幕式。

　　山石树木睡眼惺忪，昨晚的梦境还若隐若现。这些山石和树木梦到了什么呢？是一朵明黄花蕾、一束紫色小花、一只花色蝴蝶、一只青绿小虫，或是一场雨、一场风，还是遥远时空中的一对母子？

岭上有文字介绍："相传，陆宰、陆游父子住安文（南宋属东阳）三年间，陆游常推车带老母亲去杨岩弄、青岩背（现太平天国古战场）、马宅、千祥等地游玩。有一次经车慈岭回安文时行至半岭，岭上有一平坦的巨岩（叫平岩托）供来往路人休息，陆游一家坐在此石上与过往路人谈笑风生，欣赏美景。众人提议为山岭授名，陆游手扶推母轮车，遂取之为'车慈岭'。从此，车慈岭闻名于世。"

陆游确实不止一次来到八婺大地。第一次是在公元 1130 年。陆游在《陈君墓言觯铭》中对此事有详细的叙述：建炎三年，先君会稽公奉祠洞霄，属中原大乱，兵侵南及吴楚，谋避之远游，而所在盗贼充斥，莫知所向。有惟悟道人者，东阳人，为先君言同邑有陈彦声者，名宗誉，其义可依，其勇可恃……遂托人致言于宗誉，说明全家托生避难之意。宗誉曰：陆公乃世代忠良，为国之大贤也，吾愿以生命保护，保君家安全无恙。遂后，陆宰又约同僚挚友内阁中书参知政事龚茂良，尚书晏景初，并奉老母楚国夫人率子陆游等三家共千余人，间关适东阳……

陆游父子一行得到了乡绅陈宗誉的热情接纳。陆游在安文居住了三年，度过了一段难忘的童年时光，离开时写下《别安福寺僧》："避乱到安福，与僧相往返。溪头分别去，黄鸟正绵蛮。"

按时间计算，陆游来到安文时，是一个六岁的孩子，离开时也才九岁。想来，尚是孩童的陆游还推不动手推车，陆游的母亲应该也还年轻，不用坐在手推车上。我猜想，儿时的陆游曾经与母亲和家人一起推着手推车经过此岭，他们可能去赶千祥集市，或是去杨岩弄、青岩背、马宅或某个地方。在岭上，一家人协力推着手推车上岭，童年陆游在手推车的前头拉车，筋疲力尽时，见旁边有一块平岩，他们就把车停在平岩上休息。童年陆游用衣袖为母亲拭去汗水，母亲也心疼地为儿子擦去汗滴。一拭一擦之间，母子二人充满温情地交流着一个关于家国、成长、返还故里的话题。

孩童之时走过车慈岭的陆游，后来成为南宋著名诗人。他一生忧患家国，至死不忘民族复兴，他的诗歌为后人代代传诵。儿童时期在安文的生活情景，成了陆游一生的怀想，他晚年留下的诗歌《杂兴》写道："家本徒寿春，遭乱建炎初。南来避狂寇，乃复遇强胡。于时两两髦，几不保头颅。乱定不敢归，三载东阳居。"

<h2 style="text-align:center">二</h2>

据说车慈岭也叫"太师岭"，这是这里的山石树木另一个久远的梦境。

岭上有文字介绍，大概的意思是说，根据《安文陈氏宗谱》记载，清乾隆四十五年（1780），光前村人陈子才与同室兄弟砌台阶以方便行人。清道光三十年（1850），又有陈姓子孙陈万青，在前人的基础上，把山岭拓宽，并在岭上建凉亭、植枫树。因为陈万青的祖上为"太学生师"，为此人们把此岭叫作"太师岭"。

关于"太师岭"还有其他民间传说：修岭种树的就是陈太师，修造车慈岭即将完工时，他的大儿子单独一人在岭上劳作，中暑而亡，享年七十六岁。陈太师悲痛不已，令人在岭上种了七十六棵枫树。虽是传说，但因为这个传说，这座山岭有了陈氏子孙"舍身为众利"的生动形象，有了老父亲思念儿子的深沉情感。

这车慈岭是陈氏子孙留下的一篇锦绣文章。他们一定都是饱学之士，有着"穷则独善其身，达则兼济天下"的理想，他们实现理想的人生版图，就是身边的村庄与村庄之间的山野。他们教育子弟，也修造山岭，种植树木。

因为车慈岭的山岭地势，加上枫树的精心分布，据说客商行者经车慈岭，早晨从光前村赶往千祥、永康方向，傍晚时分赶回磐安等地，或早或晚都不会被太阳直射。

三

古道一直呈"之"字形蜿蜒而上，突然一个转弯，就从普通的山野来到了人间仙境，几棵巨大的古枫树傲立在古道旁，后面是一个古枫树群。林间还飘着若有若无的雾气，宛如走进了一个神秘异境。

太阳慢慢地从树顶往下移动，更多的阳光照进山岭，这里的山石树木慢慢从昨日的梦境中清醒。

我迎面看到的第一棵古枫树上挂着一块牌子，上面写着："古树群，面积0.5公顷，平均树高15米，平均胸围184厘米，平均冠幅7米，平均树龄230年。最大树高17米，最大胸围290厘米，最大冠幅13.7米，最大树龄230年。枫香。75棵。挂牌单位，东阳市人民政府，挂牌时间，2018年。"

看完这些文字，我走到它的身旁，靠在它的身上，如同靠近古枫群二百三十多年的历史。我抚摸着古枫黝黑的树干，悠远的时光在它身上铺满了如鱼鳞一样的鳞片，在鳞片与鳞片之间的沟壑中，无数光阴流走，无数烟霞飘过。它们长在山岭之上，看着无数茶盐挑夫走过，看着无数的村民来来往往，如今，它又看着我们。因为当初与陈氏子孙一个遥远的约定，它们为这片山岭蔽障了二百三十多年的阳光和风雨。它们是这片山野最年长的生灵，也是站在海拔最高处的长者。它们默然无声，守着一个诺言，护佑着一方土地。

陪同我们的千祥镇文化站站长吕剑航走在古枫之旁，像是另一棵与古人有约的枫树。我问他："这条古道，你来过多少回?"他说："七八回了吧，每年都会来。""每回会有不同的感受吗?""好像也没有，只是想着，什么时候安排志愿者来捡一捡这里的垃圾，把树叶扫到台阶的两旁。"

枫叶有绿的、黄的、橙的、红的、褐的、灰的，最多的是橙色、红色和褐色，绚烂的色彩在阳光中摇曳。一阵凉风吹来，古枫林发出沙沙的声音，枫叶纷纷落下，飞旋着，舞着，飘扬着，如梵音轻叩，似轻歌曼舞。

一阵阵山风吹来，或疾或徐，或频或疏，树上落下的叶子时多时少，时轻时重，掉在头发上、脸上、肩上、手上、衣服上、眼前、身后、脚下、周身，漫天飞舞、铺天盖地，我被这枫叶，被这满眼的绚烂包裹。虫鸣已经无迹，时有鸟雀飞来，发出喳喳的叫声……我成了这山岭的一片树叶、一条枝丫、一只山雀。忧伤，悲凉，孤独。我走在这山岭之上，走在一棵古枫树与另一棵古枫树之间，迈过铺满衰枯之美的古老石阶。

片片枫叶落在石阶上，铺成了厚厚的一层，一片片叶子回到自然，眼下的时光落在苍茫的历史中。这衰枯之美，也让人有踏实之感。这漫天的枫叶，凝结了这世间的忧伤与思念，当它落在古老的石阶上，所有的情感就回到人生的理性和自然规律。繁华终归一梦，青春瞬息即逝。然而，死生交换，绝处逢生，越是在这样的衰枯孤寂之时，我们越能看到生命深处那份热爱。

我想，这车慈岭的名字，是因为与陆游的缘，却是百姓心中所愿。陈氏子孙建造山岭，百姓把他们的故事进行再创造，是百姓心中所想。人事无常，历史苍茫，人间需要烟火与温暖。

　　时间一去不返，回忆没有归途，历史不再回头，却总有一些东西不会被时间带走，在人们的心中成为永远。

太平湖边

　　每次回乡下老家，我总是喜欢从永康市区至清渭街，过唐先，绕经长长的太平湖湖岸到桥下，从太平湖的这头到那头，乡下老家也近在眼前了。不赶时间的时候，这是我回乡惯常的路线。我喜欢太平湖，总觉得那四季的湖水里藏着家乡的美好，在那或烟波浩渺或平静如绸或绚烂如幻的湖面之上，有着我不可企及的理想。

一

　　庚子初春，疫情好转，我又经过太平湖湖岸回乡。温暖的阳光如金子般洒满大地，湖面上层层鳞浪随风而跃，远处黛山云雾缭绕。岸上的树已长出新芽，先知的杨柳已是一树青烟，湖边土地上的农家青菜伸长了脖子，花苞里露出明黄色的眼睛……

　　八百多年前提出"农商并重""义利并举"的陈亮就长眠在这太平湖畔，这里是他的故土，不远处，有他教书育人、曾以此谋生的书院，有他集结乡绅救济灾民的普明禅寺……

　　去年春天，因为《金华晚报》的《古婺芳踪》栏目约稿，在潮湿的雨季里，我穿过陈亮的思想光芒，翻阅这位乡人的文字，试图读他的晨昏岁月，读他的愤懑、无奈和荒芜，读他的困顿和抗争。可是，能找到的资料非常有限，现成有的，大都是关于陈亮的思想成就和他粗线条的人生，他平生的喜怒哀乐，已被历史省略。

我常想，家乡这片土地有着怎样的深邃，可以养育出陈亮这样才气纵横、独树一帜于历史的先哲。

陈亮出生在一个没落的士人家庭，他出生的时候，母亲只有十四岁，陈亮少时，家人常向他讲述死于捍御内乱的外曾祖父和死于捍御外侮的曾祖父。长大后，陈亮懂得了这两位先祖所处的国家局势，以及一个家族的命运裹挟于国家的兴亡。不可否认，一个家庭的命运对于一个人的影响是巨大的，在陈亮身上，浓缩了整个家族对于国家兴盛的强烈渴望，陈亮所在的家族，何尝不是无数百姓的缩影。

二

陈亮二十三岁时，母亲离世，父亲因为家僮杀人被捕入狱，年迈的祖父祖母为此忧虑成疾，继而撒手人寰……

陈亮几经奔走，在丞相叶衡等人的开脱下，他的父亲在第二年春夏时出狱。

同在这一年秋天，二十六岁的陈亮首次参加了婺州的乡试，名列榜首，取得贡生的资格，成为太学生。第二年，陈亮参加了礼部考试，因考官刁难，未被录取。

礼部考试失利，同时也打乱了陈亮想在殿试之时向皇帝当面陈述自己政治主张的计划。站在家乡的土地上，陈亮一次次遥望北方，一个乡野之人一次次探路朝堂。思来想去，陈亮选择上书《中兴五论》（《中兴论》《论开诚之道》《论执要之道》《论励臣之道》《论正体之道》），全面论述中兴图强的政治和军事主张，向孝宗皇帝发出"早为图之"的呼吁。但是，他的上书没有送到孝宗皇帝手里。

陈亮无奈，只能困在乡里教书为生。然而，家乡的土地终究容不下陈亮的远大抱负。公元 1178 年，陈亮第二次到临安入太学，他不顾太学生不得上书言事的禁令，改名陈同，在二十天时间内三次上书。书中呼吁变革政治，富国强兵，收复中原。未果。

十年后，陈亮又亲自到建康（今南京）、京口（今镇江）观察地形，主张不仅仅把长江天险当作隔断南疆北界的门户，而要把它作为北伐中原、恢复失地的跳板，长驱直入。考察后，陈亮再次冒死上书，却仍未送到孝宗皇帝手中。

我曾在心里责怪这位乡人的迂腐，南宋的皇帝不想抵抗，战争胜利先帝回来了，岂不是要把皇位交回去？他如此这般一而再，再而三，不是自寻烦恼吗？又想，我的想法着眼的是事件，而陈亮着眼的是民族的复兴，是理想。

我常怀念刚刚参加工作时的小小理想和野心，作为新闻工作者，我愿意深入生活的大熔炉中，愿意承受种种辛苦和压力，为社会奉献哪怕一点点微光，那是一段最为深情而饱满的岁月。而现在，提到理想是一件尴尬的事，理想已如垃圾般被扫走，甚至于友人之间彼此挖苦嘲讽，似乎如此才可以释放我们心里的某种不安。经历人生种种无奈和现实之后，我反观陈亮的执着——他是一道光，越过八百多年的历史，至今依旧炽热。

三

朝廷的门关上了，另外一扇学术的门为陈亮敞开。陈亮的抱负屡遭碰壁、生活上穷困潦倒，南宋社会的学术气氛却生机勃勃。才华超迈的陈亮与张栻、吕祖谦、陈君举、叶适等"相与上下其论"，讲究"实事事功，经世致用"。

陈亮的一生磨难重重，五次上书，三次入狱。公元 1184 年初夏，陈亮再次入狱数十天，在好友辛弃疾的援助下出狱回家，看到朱熹的来信——希望他"绌去义利双行、王霸并用之说"，做一个"醇儒"。陈亮看后并无感激，决心与朱熹辩个长短，他很快写了回信，这就是有名的《又甲辰秋书》。

轰动南宋思想界的"王霸义利"大辩论就这样开始了。陈亮先后写下了《又甲辰秋书》《又乙巳春书之一》《又乙巳春书之二》《又乙巳秋书》等光辉篇章。陈亮把当时学术权威、思想界和学术界的泰斗朱熹批驳得难以招架，朱熹恼火，颇含色彩地说陈亮"才太高、气太锐、论太险，迹太露"。陈亮却为此创立了南宋浙东学派中的"永康学派"。

"陈朱论战"中，双方朋友陈君举以调停人的姿态劝说陈亮偃旗息鼓，这是陈亮所不能接受的，于是写了《与陈君举》。同年年底，陈亮写信给左丞相王淮，就是著名的《与王季海丞相书》。

一场辩论，不仅是思想的较量，也是理想的相争。与当时学术权威、思想界和学术界的泰斗朱熹叫板，陈亮的自信来自哪里？自信需要资本，陈亮的才华是资本，但也不难看出，他那一颗真实而无比坦荡的家国之心，才是最大的资本。

四

在乡人们的眼里，陈亮是一个抽象的哲学存在，遥不可及。对乡人而言，他的价值很大意义上在于教育儿女："像陈亮一样，成为一名状元。"然而，陈亮的状元生涯只有一年，第二年就带着他的满腹才华溘然长逝。陈亮不属于家乡，他属于他一次次遥望过的远方。原浙江省社会科学院哲学所所长腾复认为，陈亮的求实、务实的精神，无私无畏的心胸和开拓进取精神，是浙江精神的重要组成部分。"王霸并用""义利双行"的思想，与先秦的思想家及后来的思想流派的观点有着惊人的一致。有学者认为，陈亮是中国封建社会中后期批判正统经济思想的先驱，他提出的"事功、务实、创新"的特性，是浙江经济崛起的灵魂。

哲学和理想一样，对生活烟火毫无用处，但关键时候的一个启示就是一条路，如阳光般弥足珍贵。在陈亮手上开创的五峰书院，已成为浙中著名书院，已成为古往今来很多人心中的文化指引。永康房地产商人吕彪在上海创办了五峰书院，把陈亮没有写完的大书接着写下去。在大都市的七彩霓虹中辟一方优雅之地，开展话剧、电影、讲座、读书会等各种活动。

五峰书院是吕彪心中的一颗种子，到了季节就会发芽。即便被我们曾经丢弃，理想在一些特殊的时节总会长出来，如那一星儿的明黄色，让人惊艳。那本是我们珍贵的东西！无论我们生存的空间有多大，我们都要允许理想生长；无论现实怎么样，我们都要深情而饱满地生活，相信美好，相信未来。

北山有先生

闲关方喜得幽栖，何用邦侯更品题。

自分终身守环堵，不将一步出盘溪。

一首《缴回太守赵庸斋照牒》，何基一诗成名。

南宋淳祐四年（1244），福建赵汝腾（号庸斋）新任金华太守，拜访在北山脚下盘溪之畔讲学的同门师兄弟何基。赵汝腾敬慕何基的才学，推荐他入朝为官。一般来说，对一个以"齐家治国平天下"为理想的儒生而言，入朝为官是实现理想的最好方式，况且，此时的何基已五十六岁，仍是一介以教书为业的布衣。而何基却以这首诗，一句"自分终身守环堵，不将一步出盘溪"，逃离了"学而优则仕"的集体价值观，拒绝得干干净净，不留一丝泥水，也拒绝得让人肃然起敬。

一

其实，早在赵庸斋之前，同门师兄弟、金华太守杨与立已专程访问过何基，对他的学问与修养深为赞许，金华府多次邀请他任丽泽书院主讲并出任山长（对书院讲学者的敬称，相当于校长），他都拒绝了。

何基拒绝的丽泽书院，由南宋著名思想家、教育家、"金华学派"创立者吕祖谦创办，是南宋"四大书院"之一，与之比肩的其他三个书院分别是朱熹主讲的白鹿洞书院、张栻主讲的岳麓书院、陆九渊主讲的象山书院。毫无疑问，丽泽书院的山长，是八婺大地道德学问、朝野声望出类拔萃的人物，这一邀请，实则更是一种荣誉。

何基一拒再拒，不仅何基自己出了名，盘溪作为何基的出生地和讲学地，也随之出了名。盘溪成为学问的净土、先生的圣地。

盘溪，发源于北山之南，穿后溪河村而过，流入婺江。

春雨初歇，后溪河村的草上还挂着亮晶晶的水珠，角落里草丛中的蛛网，也挂上了两三点。水淋淋的水泥路面闪着一片薄光，地上有零星散落的叶子。晌午的村庄异常安静，似乎天地间只有盘溪的水在流动，在耳边震响，又似隐在岁月深处。

盘溪溪水充沛，河水夹带着微黄的泥沙，湍急处泛起片片水花。溪流两边，是平整的堤岸，有些地方是平整的水泥面，有些地方露出鹅卵石砌面。鹅卵石砌面是灰黑的光阴颜色，其间生长着一两株翠绿的草，似乎再拨开那些鹅卵石，就能看见何基与学生论学的画面，赵庸斋叩开书院大门的情景。

溪流两边，簇拥着一个个宅院，溪上有密集的木桥，溪边建有多处埠头，埠头上有浣洗的村妇。

"这个村庄以前叫盘溪村，现在叫后溪河村，我们都是何基的后人。"后溪河村的村支部书记何宝平说起何基，难掩心中的自豪。后溪河村约有三百户、九百人，大部分人从事苗木种植。由后溪河、贤里、毛村三个村庄合并而成，村民大部分姓何，显然都是何基的后人。

村中有纪念何基的"何北山祠"，伴溪而建，抬眼可见尖峰山。何宝平书记说，经多方考证，"何北山祠"的所在地，应该就是当年何基讲学之地。村里的老人们说，在他们小时候，祠堂门外还是一口长方形的池塘，池塘与盘溪相邻，盘溪之水入池塘而过。池塘前的盘溪上，由五块大石板拼凑成桥，名"五板桥"。

想来，数百年前的盘溪村，人口并不稠密，这里应该是另一番旷远和静寂，水声和着琅琅书声，一位位学子来到这里，一位位儒生从这里走出去。

二

何基就在这片土地上出生、成长。他的祖父何松，南宋乾道二年（1166）进士，官至徽州通判。父亲何伯慧，曾任承议郎，主管台州崇道观，被称为"崇道公"。何基是家中次子，自小身体清弱，寡于言笑，年纪颇大才开始接受教育。

何基第一次出远门，是南宋嘉定元年（1208），这一年他二十岁。何伯慧任县丞的江西临川，来了新县令黄榦，在当地开办书院收徒。何伯慧命何基和兄长一起拜黄榦为师。

黄榦是朱熹的大弟子和女婿，是年五十六岁。在此之前，朱熹对黄榦进行全方位考察，临终前视黄榦为自己的正统传人。黄榦接过了"程朱理学"传播传承与发扬光大的接力棒。

入门之初，黄榦首先教何基兄弟俩为学根本乃"必有真实心地，刻苦工夫而后可"。何基从此开始全面系统学习理学思想和"四书"。

七年时间转瞬即逝，二十七岁的何基决定从临川返回金华教书育人。临别时，黄榦又叮嘱他："但熟读四书，所学融洽置通于胸，道理自见。"黄榦的"临别之教"，成为何基终生坚持、递相授受的为学之法，也奠定了"北山学派"以"四书"为基，熟读精思、浃洽胸次、明理见性的学习进阶和学术基调。

在盘溪之畔，何基潜心研学，安静地教着书，过着布衣生涯。"村烟澹澹日沉西，岸柳阴阴水拍堤。江上晚风吹树急，落红满地鹧鸪啼。"何基的日子，应该如他的这首《春晚郊行》，村烟西落，江水拍岸，晚风吹柳，满地落红，他在四季的变幻中追求风雅，也在风雅中感受生命的美好和流逝。

北山脚下的这位先生，数十年来并未引起外界太多的关注，直到有一天，朱熹门人杨与立叩开他的门，他的才学和朱子学脉才为人所知，慕名前来求学的人络绎不绝。

学生多起来就教书，邀请出山就拒绝，何基的生活依然如故。但他的儿辈们又难免为生存而担忧。何基劝道："丈夫何事怕饥穷，况复箪瓢亦未空。万卷诗书真活计，一山梅竹自清风。"（《宽儿辈》）何基劝儿孙，其实也是陈述自己的内心：大丈夫为何要怕饥穷呢，何况家里也没有揭不开锅。这万卷的诗书才是真正需要去为之努力的，这满山的梅与竹自有清风相伴。他依然在理学的世界里全神贯注、浑然忘我，甚至常常忘记了时间，忘记了外面的世界。

南宋景定五年（1264），何基七十六岁，理宗诏他为史馆校勘（宋代校订宫中藏书的官名），接着诏为崇政殿说书（宋代为皇帝讲说书史，解释经义的顾问），又特补迪功郎（为文官职），添差婺州州学教授兼丽泽书院山长，他都以病老力辞。咸淳元年（1265），度宗又有诏命，何基也没有接受。

何基的人生履历很简单，他这一生，出远门求学七年，在盘溪畔讲学五十多年，只做成了一件事，攀上了一座高峰。

我想起美国女诗人艾米莉·狄金森的诗。

> 灵魂选择自己的伴侣，
>
> 然后，把门紧闭，
>
> 她神圣的决定，
>
> 再不容干预。

艾米莉·狄金森一生只有一次离开过自己所居住的小镇，其余时间都在家中，在火炉旁烤面包，把自己锁在房间里，但她缔造了美国诗歌的传奇。

南宋咸淳四年（1268），何基以布衣之身去世，享年八十岁。何基死后第七年，即德祐元年（1275），获赐谥号"文定"。清雍正二年（1724），何基从祀孔庙，列东庑先儒。

三

何基，是一颗理学的种子，也是一颗先生的种子，这颗种子落在了北山脚下盘溪之畔，便在这片土地茁壮成长，繁衍成荫。

南宋端平二年（1235）冬天，一个普通的日子，三十八岁的王柏来到北山脚下，寻找盘溪之畔敬慕已久的何基。此时的何基四十七岁，对理学的理解已进入一个新的境界。王柏向何基道出自己决定放弃仕途寻求理学真知，以及自己在求学中的困惑和孤独，渴求指点。何基听王柏诉说自己的决定和困惑，一如遇见故人，似乎在他的身上看到了另一个自己。他勉励王柏刻苦求学，并用胡宏之言教导他："居敬以持其志，立志以定其本，志立乎事物之表，敬行乎事物之间。"

从此，何基与王柏亦师亦友，在理学的世界里同行三十五年。这盘溪之水，金华山上的明月清风，曾无数次见过他俩亲密无间的身影。

南宋宝祐二年（1254），王柏引荐二十二岁的金履祥前来求学。六十六岁的何基看到年轻的金履祥，想起自己二十岁时拜黄榦为师的情景，对金履祥倾囊相授。后来金履祥卜庐而居，何基为他题匾额"仁山"。

站在"何北山祠"的盘溪之畔，遥想脚下的小小地方，何基应该走过无数次，王柏、金履祥也走过无数次，他们经过此地，传承理学，也从此处展开自己的人生。

在往后的数十年时间里，何基、王柏、金履祥师徒三人在各自的书院里，践行着传道授业解惑的理想和追求，一任外面风吹雨打。南宋咸淳四年（1268），何基离世，同一年，许谦出生。元大德七年（1303），三十二岁的许谦在兰江听了金履祥讲学后，就拜在金履祥门下，后来一直跟随老师在金华吕成公祠讲学。许谦学问渊博，金履祥对他十分欣赏和器重，并寄予厚望。

后来，许谦在东阳八华山中设立了八华书院，亲撰《八华讲义》教学，一时间八华书院闻名于世。许谦从事教育四十年，"四方之士，以不及门为耻"，记录在册的学生就有千余人。

由黄榦传给何基的"程朱理学"，经王柏、金履祥、许谦递传，成为宋元理学后来的三大分支中的重要一支。他们四人被后世称为"北山四先生"。他们传授朱学，但没有墨守朱学，许多地方都有创新见解。"北山四先生"被后世奉为朱学嫡脉、理学正宗。他们推崇"道本文末，文以载道"，也将婺学思想融入其中，形成了独特风格。

后来，王柏、金履祥、许谦都从祀孔庙，"北山四先生"以一个特殊的组合为后人敬仰。

四

我随着盘溪逆流而上，溪水潺潺，满山新绿，越往上走，越安静。立于其间，心也就安静下来。这样的山水，最适宜种植理想。

因为理学理想，何基在此开宗立派，开创了北山精神。王柏放弃了仕途。金履祥隐居著书，一生不仕。许谦开门讲学，名动天下。

他们虽然隐于江湖，但从未放下过家国。

王柏目睹百姓困苦，向金华地方官连上《社仓利害书》《赈济利害书》，主张州府加大对贫民的救助。南宋王朝内忧外患，王柏上书提醒朝廷务必加强军事重镇襄阳的防务。襄阳被元军围困，金履祥屡次献策，其中"重兵由海道直趋燕蓟，且备叙海舶所经地形"更被后世认为是可行的奇策。

北山脚下，后溪河村旁，是何基长眠之地。何基之墓原在长山石门附近的油塘，在历史风云中屡次被盗被侵。2010年，何氏子孙将何基之墓迁回盘溪。站在异常安静的何基墓园林中，只听见鸟鸣起落，风声阵阵。这里的安静，不仅在于这里的环境，更在于何基内心的宁静。有什么比内心的宁静更静的呢？

我抬头仰望延绵不绝的北山，这不仅是一座地理意义上的山峰，更是一座人文的山峰，信仰的山峰。这里不仅传承着朱子文脉，也保存着一颗纯粹而宁静的学者之心。

余秋雨曾在《潮之惑》中写道："人类在本性上有一种很不自信的'大雁心理'。怕脱群，怕掉队，怕看不到同类的翅膀，怕一旦独自栖息后不知道明天飞翔的方向。"为此，"不能不天天追赶。时间一长，对追赶这件事产生了依赖，对于追赶之外的一切，已经不再思考。旋转进去的是无数有独立智慧、独立品格、独立创造力的生命，让他们天天在极快的滚动中同质化、异己化、平庸化，直到衰老"。我们日日追赶，独独远离了内心的宁静，遗忘了内心世界的建筑，这么说来，"北山四先生"不仅是理学的真儒，更是人生的先哲。在时代的舞台上叱咤风云，是一种追求；在名利场外甘于寂寞与清亮，何尝不是另一种追求。何基不是随群的大雁，他是一只有着独立智慧品格的孤鸟，是北山的竹和梅。他守着学人的清贫和风骨，汲取天地养分，在阳光和星辰下摇曳一树芳华，创造了"北山先生"独特的生命形式。

马岭古道

癸卯年早春，野樱花开得正艳，油菜花初绽，桃、梨的花苞已挤满枝头……春天正以摧枯拉朽之势，携着暖阳，扫除冬天的一切萧瑟与寒寂，重返人间。

这个时节，一个叫"马岭天观"的新景点成为网红打卡地。马岭天观位于浦江与建德交界处，刚刚建成。上午十点左右，游客的车辆不仅塞满了停车场，而且漫到附近的村庄。我们没有汇进这人流，而是走进了马岭天观脚下那片寂静的山野，走进从这田野铺展开去的"马岭古道"。

一

马岭天观脚下的村庄叫梓州村，属建德地界，马岭古道的入口就在这个村庄。旁边有个民宿叫"花筑·乡村画语"，民宿的装修风格颇具文艺气息，主人是一位知性的女子。她热情地告诉我们，民宿边上就是马岭古道的入口，这是一条千年古道，始建于宋代，经美女峰到浦江的马岭脚村。此外，不远处还有一条公路可直达山顶。我们向她预订午饭，她说因为没有预留食材不能安排，并解释说这里的用餐需要提前一天预订，她会提前到富春江那边买菜。"富春江那边?"见我们疑惑，她又解释："这里到富春江和到浦江的路途差不多，我更喜欢去富春江那边买菜。"我们有些遗憾，如同错过一个与美好事物倾心交谈的机会。

民宿的旁边，有一大石，写着"马岭古道"四字，古道口有往上的石阶，显然是旧阶梯，石阶连接着一片山野。我们走上石阶，走向一片寂静的生机盎然。山野里少有人迹，只有一位八旬老人在翻耕一片山地，见我们路过，他开心地用当地方言跟我们交流，见我们听不明白，就又加上手势和表情，大概是告诉我们走古道去美女峰很远，我们用手势向他致谢。

一条古旧的石子小路蜿蜒在这山野之中，路上可见长出了黄色菜花的青菜，长得正好的大蒜、生菜和菠菜等。一条山涧一路相随，涧水清澈如无。左边是山地和连绵的山峦，右边是山涧和连绵的山峦。山中可见一丛丛淡紫色的野樱花，如一团团柔情蜜意的云彩，让人心中升起缱绻的诗意来。

从古道旁路牌的文字和地图分析，我们所在的位置在整条马岭古道的中间段，也就是说，我们从金华到浦江再到梓州村，就直接插进了古道的中段，在我们的前面，古道经美女峰到达浦江的马岭脚村；在我们的后面，古道一直延伸到桐庐的芦茨村。整条古道长约十二公里。

二

前些天读了宋濂的《谢翱传》："谢翱……游倦辄憩浦阳源及睦（今建德、淳安、桐庐）之白云村。"我曾请教金华文史专家吴远龙先生，谢翱从富春江到浦江，马岭古道是不是必经之路。他认为，宋末元初时期往返于浦江和富春，可以从浦阳江走水路，但时间比较长，一般情况会选择从马岭古道来往，一天就能到达。

这么说来，七百多年前谢翱歇于白云村，应该是经马岭古道抵达的。清晨，他在白云村醒来，迎着朝霞翻过马岭古道前往浦江，来见他的朋友方凤。更多的时候，谢翱在白云村醒来时，被铺天盖地的悲痛缠绕——他的将军、知己文天祥已被处死。

谢翱是文天祥的知己和战友，福建长溪（今福安）人。他曾因没有考中进士，落魄地生活在漳、泉二州，却性格洒脱，具有高远宏大的志向。时值南宋末年，蒙古铁骑南侵，南宋王朝岌岌可危。状元出身的丞相文天祥高举抵抗大旗，极力支撑危局。公元 1276 年，文天祥在延平（今福建南平）设立府署并自选僚属，谢翱倾其家资，率乡勇数百人投军在他麾下，两人一见如故，成为莫逆之交。谢翱追随文天祥转战于广东、福建、江西等地。两年后，文天祥兵败被俘。

谢翱在杭州、睦州、婺州（今金华）等地，广交南宋遗民，组织抗元斗争，试图营救文天祥。

而被俘后的文天祥，跳水、撞墙，唯求一死，他怕他的战友为了救他再次做出不必要的牺牲。最后，文天祥写下家喻户晓的千古名句"人生自古谁无死，留取丹心照汗青"，为国捐躯，死前不食元粟，死时面南而坐。国家灭亡，知己之死，悲恸和愤慨如惊涛巨浪般在谢翱心中翻卷。

谢翱的悲恸、愤慨、孤独、茫然，已留在马岭古道上。留在这举目所及的山石之间，泥土之中，这些情感背后，裹藏着一颗炽热的家国之心。

谢翱翻过马岭古道来到浦江，来找他在白云村认识的朋友方凤，他们志同道合，同怀亡国的悲恸。

生长于浦江的方凤因屡试不第，在杭州舍人王斌家中当家庭教师。他曾借助王斌与当朝宰相陈宜中的好友关系，向朝廷提出抗金的策略。他的策略虽然没有被采用，却被举荐任广西容州文学一职。后来宋亡，仕途也成了泡影。

亡国之恸弥漫着整个江南。在士大夫们看来，覆灭的不仅仅是一个王朝，而是一个民族的数千年文化。

三

谢翱时常走在这条古道上，他的身边有时是方凤，有时是另外一个挚友吴思齐。

吴思齐是永康人，他的曾祖父吴深是陈亮的学生和大女婿，也是"永康学派"的骨干成员。吴思齐胸怀大志，满腹才学。早年曾在杭州任收税小官，后来调到嘉兴任县丞，又调到镇江幕府，在南宋末年因得罪权贵而愤然辞官。宋亡后，隐居桐庐，遍访宋朝遗老，诗酒相伴，吟咏唱和。

他们三人相识于白云村，大概是公元 1286 年的一天，谢翱慕名前来寻找在此隐居的江南名士吴思齐和方凤，三人一见如故，秉烛夜谈，说到悲恸处，抱头痛哭。亡国之恸和相近的人生际遇，使他们三人成为挚友。因为他们的相识，八婺大地有了一段深沉而灿烂的历史，他们的命运也发生了改变。

后来，方凤回到浦江老家，被吴渭聘请到家中担任吴氏私塾的教师。

吴渭，原为义乌县令，宋亡后回到浦江老家兴学育才。吴氏家族家业丰厚，乐善好施，吴渭及他的弟弟吴谦、儿子吴幼敏等都见识不凡。在那个特殊的年代，吴氏家族为落魄的遗民志士提供了一个安定的住所，聚集了一批遗民志士。

谢翱和吴思齐翻过马岭古道，来到浦江寻找方凤，却因为方凤受聘吴家和吴家的义举，三人在吴氏家族会聚。

四

　　古道时而平坦，时而有阶梯，路边各种各样的草木在春天里绽放新叶。这条古道领受过千年风霜，又迎来了一个新的春天。

　　走着走着，看到山脚下有一户独立的人家，房屋是依山而建的新房，在屋子旁边的山坡上，有散养的鸡，一字排开的土蜂筒。显眼处，挂着出售土蜜蜂和土鸡的牌子。这里的坐标是建德市乾潭镇上梓村。

　　同行的陈老师和刘老师来了兴致，或许是主人在这山野中的独立生活方式及与自然亲密共生的关系吸引了他们，他们与主人经过一场交流，决定买一只土鸡，并麻烦主人帮忙烹煮，等我们从古道回来的时候，再为我们提供米饭和一盘炒蛋。主人有一颗纯朴之心，接受了我们意外的打扰。家里有一少年，在浦江上学。

　　我们继续往山上行走，越往上走，人迹愈加稀少，所见的土地多被荒弃，路边却见许多青翠的野葱。陈老师猜测，海拔高又接近山林，温度低了，庄稼也就种不起了。我想，此间大概也有野猪出没，即使种了庄稼也为野猪所餐。再往上走就进入了一片竹林，置身竹林间，能听到风吹毛竹的哗哗声和自己的脚步声，再仔细听，还有啾啾鸟鸣和淙淙水声。穿过竹林，一面由石子砌成的墙挡在我们面前，墙中有一道门，叫将军洞。站在门口往回看，果真有"一夫当关，万夫莫开"的威严。将军洞建筑完好无损，显然近年来已被修葺过。

　　不知当年方凤、吴思齐、谢翱往返于这条古道的时候有没有将军洞，但一定有竹林、田地、野草和山涧。想来，当时的马岭古道是一条非常简易的山道，有时候少有人走，野草便会蔓延到道路上来，甚至于无处落脚。在许多个春夏秋冬，他们坚韧地往返于这条山道，如同他们对民族坚如磐石的情感。他们行走于这条古道的时候，有时恸从心生，失声痛哭，哭声惊得这山中的鸟雀四处飞散，一时寂静无声……山野同悲，天地俱叹。

那是一时无法排解的悲恸。有很长一段时间，谢翱、方凤、吴思齐与冯桂芳、翁衡等人，不仅浪迹八婺、富春山水，也流连于苏州和绍兴，在山水间终日恸哭。他们还曾在仙华山数日喝酒至大醉，相扶着望天而哭，一直哭到声音哑了再也发不出声来。明朝开国文臣宋濂游仙华山，看到石壁上吴思齐题名可辨，不由感慨："思齐等三人无月不游，游则不分日夜，哭则失声后返，如此有气节之士，相遇于残山剩水间，怎么能不悲痛！"

五

他们经过这条古道，从富春江到浦阳江，从富春江畔到浦江的仙华山，在仙华山望天恸哭，是元至元二十三年（1286）的秋天，与他们一起的，还有吴渭。恸哭过后，四人从仙华山下来，一道来到月泉书院。

月泉书院在浦江西北二里处，书院因一眼泉水而得名。泉水在月亮由缺变圆时，由少增多，月亮由圆变缺时，由多减少，因而名"月泉"。北宋徽宗政和年间，知县孙邀筑月泉亭，成为士大夫以文会友之地。南宋时建月泉书院，曾为浦江最高学府，是浦江及邻县学生争相求学之地。

置身于月泉奇景以及曾经辉煌一时的月泉书院之中，四人不禁感慨万千。当吴渭提出在此成立诗社时，得到了一致响应，"月泉吟社"由此创立。

月泉吟社成立后，曾在此宣讲"春秋大义"，月泉吟社成为南宋遗民的活动中心。方凤在《呈皋羽》中记录了当时的情景："依依莲社客，斗酒共相酬。臭味语中得，荣名杯上浮。世情余百变，吾道合千秋。"

元至元二十三年（1286）农历十月十五，月泉吟社以"春日田园杂兴"为题，向各地征诗：凡是田园景物皆可用，但不要抛却田园，然泛言景物，限五、七言四韵律诗。征稿时间至次年正月十五，为时三个月整。

诗题发出，如一石惊起千层浪，各地的诗歌如雪片般飞来。

在这些诗歌中，如"池塘见说生新草，已许游魂入梦招"，以宁愿老死于林壑也不乞禄于元朝统治者为内容的诗歌占了绝大部分。诗人们描写春日田园的自然风光，实则通过对忠诚义士的追慕来表达强烈的亡国之痛和世事沧桑。

"儿结蓑衣妇浣纱，暖风疏雨趣桑麻。金桃接种莲花蕊，紫竹移根带笋芽。椎鼓踏歌朝祭社，卖薪挑菜晚回家。前村犬吠无他事，不是搜盐定榷茶。""去年官赋今年罢，寂甚门前犬吠声。"大量诗歌也反映了士人们即使隐居在田园，照样承受着元统治者的沉重赋税和剥削的现实。

元朝初年，在血与火的战斗中历经洗礼的文人士子，从受人尊敬的座上宾成为社会弃儿，产生了无所归属的现实失落感。他们迷惘惶惑，孤独无助，孱弱无力。就如画家郑思肖自谓"幅巾藜杖，独行独往，独坐独卧，独吟独醉，独往独来古阖闾城"。即便如此，他们仍然选择放浪山水、啸傲田园、寄身佛寺、栖隐道观，宁死不乞禄于元朝。他们在宁静的大自然中寻觅心灵的家园和归宿，也在这次诗歌的征集中得到了心灵的慰藉，抗争的力量。他们用余生殉祭文化，并以此完成他们文化身份的最后使命。

据统计，投稿者遍及江南各省，数千文人吟士投来诗稿，共得诗稿两千七百三十五卷。经吴思齐、谢翱、方凤三人评定，于三月初三揭榜，选中二百八十名，依次给予奖赏，并汇编成集付印，书名即《月泉吟社》。

这次征诗活动，影响巨大而深远，在我国古代诗史上有许多独创性。中国社会科学院文学研究所研究员杨镰在《元诗史》中将月泉吟社称为"奇迹"："作为一个民间诗人的诗社，月泉吟社具有一切特点……一个有两三千人参与的文化活动，特别是完全处于自发状态，起自民间，这在信息并不发达的宋元之间是如何做到的呢？"

2013年，浙江省作家协会副主席郑晓林来浦江为"月泉讲坛"授课时，对月泉吟社做出了"中国古代最早的作家协会"的评论。

吴宓《将入蜀先寄蜀中诸知友》云："犹有月泉吟社侣，晦暝天地寄微身。"月泉当时已成为全国文化学术的活动中心和知识分子人格的象征。

六

富春江边有严子陵钓台。元至元二十七年（1290）十二月初九是文天祥就义七周年，谢翱与吴思齐来到富春江畔，与冯桂芳、翁衡一起来到桐庐钓台（也称西台），祭酒恸哭文天祥。

他们登上"毁垣枯薮，如入墟墓"的西台，在荒亭的角落设了牌位，跪伏叩拜，手拿竹如意敲击石头，唱起凄凉的楚歌以招魂。招魂歌曰："魂朝往兮，何极？暮归来兮，关水黑。化为朱鸟兮，有味焉食……"魂灵啊，你早上要飞往何方？晚上不要归来，因为关塞一片昏黑。你化为朱鸟，虽然有了嘴，却能吃到什么……歌毕，竹如意与石块俱碎，哭者昏死过去。醒来，他们又相互搀扶着登上东台，抚摸青石。西台之上悲恸的哭声感天动地，江边的狂风呜咽怒号，富春江上来往的船夫都忍不住动容流泪。

忠，是那个时代士人的信仰。他们为之尽忠的特定对象，也许并不值得称道，但这不能因此埋没他们对民族的忠义，人格的伟岸。

谢翱写下《登西台恸哭记》，以唐代颜真卿隐喻文天祥的忠烈，以张巡、颜杲卿在安史之乱中奋力守卫而惨遭杀害隐喻文天祥的英勇就义，坚如磐石的爱国之志，悲哀沉痛、泣血吞声的悲恸之情，使之成为历史名篇。

谢翱为英雄哭，为知己哭，也为故国哭，为山河哭，哭是他内心情感的表达，也是他情感的释放。谢翱的哭，也牵动无数遗民的内心之恸。

谢翱等人的恸哭，也使西台成了地方名胜。明朝亡后，诗人、旅行家黄砚旅游历名山大川，专程到西台凭吊谢氏，诗曰："石影嶙峋树影清，孤亭天际势峥嵘。一从南向悲歌后，仿佛空中有哭声。"近代著名作家郁达夫在《钓台的春昼》文中写道："东西两石垒，高各有二三百尺，离江面约两里来远，东西台相去，只有一二百步，但其间却夹着一条深谷……而一上谢氏的西台，向西望去，则幽谷里的清景，却绝对不像是在人间了……"

晚年的谢翱，仍然经常行走在这条古道上，后来索性定居于西台附近，开堂授课，以砍柴卖薪度日。每到年关，他会运薪炭到杭州贩卖，换回米粮。略有盈余，就外出采访宋朝的史实，写成文稿以传给后人。

七

走上一层层阶梯，马岭古道与一条现代公路汇合，古道也被公路所取代，美女峰已在不远处，过美女峰，就可以到达浦江的马岭脚村。美女峰矗立在山峦之间，有时看去如一个少女的头像，有时看去如一个酒杯，像是要饮尽这世间的悲欢离合，沧海桑田。

月泉吟社征诗结束不久，四人中年纪最长的吴渭因身患重疾去世。年纪最小的谢翱五年后因肺病死于富春江畔。弥留之际，他嘱咐妻子："我远离家乡千里，所交的朋友唯有韶卿（方凤）、子善（吴思齐）最亲近，无异于亲兄弟，小心收拾好我的文稿和尸骨托付给他们。"吴思齐、方凤遵照他的嘱托，把他葬于严子陵钓台的南面，刻碑"粤谢翱墓"，在墓边建许剑亭。

谢翱的民族气节随着富春江水在江南的土地上经久流传。明嘉靖年间，后人重修墓道，树石坊，上面刻"宋隐士谢翱先生墓"，两边有联"泪滴参军骨，江流报国心"。清乾隆年间，又有后人复建石坊，上额"垂钓百尺"，石柱楹联为："生为信国流离客，死结严陵寂寞邻。"亭前大石碑刻"宋谢翱恸哭处"，背面刻谢翱《登西台恸哭记》。这里虽然不是谢翱的故土，但这片土地早已成为他的精神皈依之地。

宋濂在《谢翱传》中赞道："翱一布衣尔，未尝有爵位于朝，徒以被天祥之知，麻衣绳屦，章皇山泽间，若无所容其身，使其都重禄，受社稷民人之寄，其能死守封疆决矣。翱不负天祥，肯背国哉？翱盖天下之士也。"谢翱不过是一介平民，在朝中不曾有高官爵位，只因为文天祥的知遇之恩，就穿着麻衣、草鞋终日奔波于高山大泽之间。谢翱不曾辜负文天祥的知遇，更不曾辜负家国。

吴思齐作为永康学派的传人，征诗活动结束后，继续传承发扬"经世致用"学说，学生中不乏建树者。著有《左氏传阙疑》《陈亮叶适二家文选》等著作。晚年考证历代圣贤生卒，编成《俟命录》，成书后平静地写诗与诸友告别，安然去世，享年六十四岁。

方凤在四人中最为长寿，在吴思齐辞世后的二十年时间里，他以悲愤的感情、激越的笔调，给金华诗篇注入新鲜血液，开创了浦江及金华文学新风。《金华诗录》云："浦阳文学，皆韶卿一人开之矣。"

方凤的弟子中，著名的有黄溍、柳贯、吴莱等，明朝开国文臣宋濂是吴莱、柳贯的学生。近年来，元代至明初婺州作家群被统称为"婺州文学集团"，备受学术界关注。

这条马岭古道，是他们友谊的纽带，有宋王朝覆灭后的悲恸，也有雪中送炭的情义，他们曾经彼此温暖，彼此照亮。古道不会忘记那一段深沉的记忆。历史的列车呼啸而过，他们誓死不仕的元朝早已成为一场大梦。在浩瀚的历史面前，人类的个体生命太过短暂，也太过脆弱和渺小。但因为他们存在过，惊天动地悲恸过，悲恸背后同样惊天动地的热爱表达过，这片山河才有了温度和情感。

潜溪宋濂

辛丑年暮秋，我在金华东部那片并不熟悉的土地上，寻找一条叫潜溪的河流。

我的老家永康的金城川也有一条潜溪，溪流两岸，曾经商铺林立、商贾如织，也曾曲水流觞、诗歌飞浪。潜溪之畔有一座清晖楼，主人朱世远，自号潜溪。清晖楼上，朱世远与宋濂、刘基、章溢经常在此相聚，忧患家国，英雄相惜。

不知是机缘巧合，还是因为相同的情感，或是某种约定，来过金城川潜溪的宋濂，也居于潜溪之畔，也号潜溪。

我在金华东部的这片土地上寻找潜溪，寻找自号潜溪的宋濂。

一

潜溪之水，发源于金华北山山脉的双尖山，涓涓细流从莽莽大山中流出，带着北山的气质与这片土地的气息，入潜溪，流过宋濂的家，流入义乌江，汇入婺江，再汇入富春江，流入东海。

金华东部北山脚下那片土地，平坦而开阔，金色稻田成片如海，稻田之上游荡着白色云朵，地平线上躺着黛色的山峦。溪流就在其间，我跨过的水渠与河流，都少有流水，几近断流了，如同养育了一个秋天的母亲干瘪的乳房。其间也有树木，叶子开始黄了，被微风吹落的叶子坠在树底下，我路过时，树上传来两声鸟鸣，如酒一般，让人沉醉。

导航把我带到禅定古寺，具体地址是傅村镇上柳家村，古寺右前方的那块荒地上，立着一块石碑，上面印着："宋濂故居遗址，金华县人民政府，1996年立。"石碑背后数百平方米的遗址上，是长满了荒草的土堆和石块，暮秋时节，荒草也已枯黄。石碑旁，有一个小小的藤架，上面爬满了不知名的藤蔓，藤蔓的色彩可谓丰富：明黄的、金黄的、浅褐的、深褐的……藤上长着一些不知名的果子。路过的村民说，这是山药的藤蔓。除此之外，这片遗址上只有荒芜。宋濂已故去六百四十多年，可见的有形物质已在时间中化为乌有。

"人生大化中，飘萧风中花。百年终变灭，感慨欲如何。"这是宋濂在吟诗吗？元至正二十年（1360），金华一带的战乱接近尾声，在诸暨深山躲避战乱的宋濂回到潜溪。这一年他五十岁，想到自己年过半百，老之将至，却碌碌无为，不甘、茫然、悲凉涌上心头。他走向屋旁的潜溪，看清冽的溪水缓缓流过，心慢慢平静下来。

宋濂在潜溪之畔出生长大，这潜溪的水，早已成为他血肉的一部分。

二

七百多年前，居住在眼前这片遗址上的是一户并不富裕的家庭。男主人不知以何为业，但心胸坦荡，待人真诚，有赐号"蓉峰处士"。女主人深明大义，贤惠善良。元至大三年（1310）冬天，孕育七个月的男孩呱呱坠地，身体羸弱、多病，父母觉得他长大后不适合力耕，也不适合经商，给他选择了"从文"。初名"寿"，后改名"濂"，字景濂，号潜溪。小宋濂果然从小就展现出"从文"的强大潜力，六岁进学堂，九岁作诗赋，被乡人称为"神童"。更为难得的是，他对学问如饥似渴，求学异常刻苦勤奋。

宋濂在古稀之年写下著名的《送东阳马生序》，回忆自己年少时求学的情景：因为家境贫寒，买不起书，就从有藏书的人家借书来看。为了便于日后细细琢磨，总是一字一句地抄录下来。冬日寒冷，砚台结冰，手指冻僵，但他从不懈怠，抄完书后马上跑着把书还回去，不敢耽误期限。因为宋濂好学守信，大家都愿意把书借给他。稍大一些，宋濂就背着行李跋山涉水，到百里之外请教德高望重的大儒，儒学名家闻人梦吉、吴莱、柳贯、黄溍都是他的老师。记得深冬时节，北风凛冽，他穿着旧棉衣、旧鞋子，踩着几尺深的积雪去求学时，脚开裂了也浑然不知。等跋涉至求学地，已冻到四肢僵硬，大家给他拿来热水、厚棉被，许久后冻僵的身子才慢慢暖和过来。

我站在宋濂生活过的地方，看向四周的村庄和田野。宋濂小时候曾在村边的田野里一边牧羊一边看书。金华牧羊童早已不在，但他在这片田野上留下的目光，已长成了一茬茬的读书郎和羊群。

宋濂小时候借书、求学，四处奔波，他踩过的尘土去了哪里？应该落在了一些人的身上，又从这些人身上抖落，飞扬起来，又落在了另一些人身上……尘土飞扬了数百年，这片土地上的人们也忙碌了数百年。我想，这些尘土如果已经落定，一定落在了潜溪之岸，飞进了金色的稻田中，粘在了从这里出去的远行人的衣襟上。

宋濂故居遗址旁的禅定古寺，是宋濂少时的私塾。据资料记载，古寺建于南朝梁大同二年（536），在历史烟云中屡废屡建，现存的部分建筑为清宣统元年（1909）重建，"文革"时又毁，近年又进行了翻新改造。此时寺门紧闭，通过门缝往里看，看不到什么。这里原本有一副"何地可参禅，此间堪入定"的对联，是禅定古寺的寺名出处，为宋濂请朱元璋所题，不知是否还在？

禅定古寺的晨钟暮鼓声日日响起，清澈的潜溪之水长流不息，宋濂与古寺潜溪为伴，小溪如同他心中的那只渴望飞翔的鸟，稚嫩的翅膀在阳光中铺展，等待着一次远行。

三

宋濂第一次离开潜溪，是至元元年（1335），这一年他二十六岁，老师吴莱辞去了在浦江郑义门的教职，推荐他接着教育郑义门子弟。从此，宋濂开始了二十四年之久的教学生涯。

十一年后，宋濂的母亲去世，他回到潜溪之畔为母亲守孝，母亲慈爱的目光，一直伴着他远行，为了儿子的远方，她一次次变卖了自己的首饰……他怎能不追寻这束目光回到这片土地？

第二年，宋濂的祖母也去世。

元至正十年（1350），祖母的守孝期也满，宋濂一家搬到浦江郑义门东去约五里路的青萝山居住。新居有三间房屋，宋濂在屋前立了一块匾，匾上写着"潜溪"两字。或许在他看来，青萝山只是另一版本的潜溪。

元至正二十二年（1362），五十岁的宋濂在诸暨躲避战乱后又回到潜溪，茫然与悲凉交缠，他不知道潜溪之畔树上的喜鹊已经叫了很久，他的人生将从此走向转折。

朱元璋在元末的战乱中逐步获得江南的统治权，精通儒、释、道，精研文学、书画，通晓天文、地理的宋濂被朱元璋聘为婺州郡学五经师。又不久，宋濂与刘基、章溢、叶琛一起被朱元璋召至应天府，初为江南儒学提举，后为太子朱标教授"五经"。再后来，宋濂奉诏主修《元史》，官至翰林院学士。

元至正二十五年（1365）三月，宋濂因病再次回到了潜溪休养。这年八月，对宋濂一生产生深远影响的父亲去世。父母在，人生尚有来处；父母去，人生只剩归途。潜溪之畔的风，似是父亲的叮咛："我们宋氏自先祖文通先生以来，世多巨儒。我生怕读书知礼的遗风不能继传下来，被天下的君子嘲笑，每想到这一点，心里就惴惴不安，有时夜里做梦也不能忘却。"潜溪的水，从此成了宋濂绵长的思念。

在潜溪之畔，宋濂不是老师，也不是大明的臣，他只是他自己，一个乡人。在战乱中迷茫时，他回到了这里；在生病的时候，他也回到了这里。没有比做回真实的自己更让人踏实和自在的，唯有潜溪能疗愈他身体和精神的创伤。

之后，宋濂很少再回到潜溪。

四

流经宋濂故居的潜溪，在1958年溪口水库建设中已被改道，改道后的溪流名航慈溪，从上柳家村边流过，绕经禅定古寺后侧。溪流十余米宽，溪上建有一重重水坝。辛丑年的秋天雨水稀少，水源几近断流，水坝前的溪水就形成了一口口水塘，水塘中长满了水葫芦和浮萍，风一吹来，把水面的浮萍吹到一边，露出澄净的水来。水塘边上有灌溉工事，有限的溪水被引入干涸的土地。水坝的水又一层层往下流，直到在村边聚起了一个大水塘，村民们在水塘中清洗着成堆的番薯，洗好之后抬上岸去，大概是要碾成浆渣，做成番薯粉。

溪水流经姜村、上柳家村、下柳家村等村庄，成为村民的生活之源，他们在水边编织着光阴与烟火，在溪水滋润的土地上种养希冀。这几个村庄的村民，大都姓柳，具体地说，他们都是柳因的后人。柳因是柳贯的小儿子，而柳贯是宋濂的老师，宋濂在求学的过程中与柳因结为好友，柳因便从浦江横溪（今属兰溪市梅江镇）搬到了宋濂家附近居住，尔后在这片土地上繁衍生息，子孙繁茂。宋濂的兄长宋渊有孙女宋暖，后来嫁给了柳贯的孙子柳毬，宋柳两族从此有了姻亲关系。

柳贯是浦江人，曾师从"北山四先生"之金履祥，后来又拜月泉吟社发起人方凤、吴思齐、谢翱为师。官至翰林待制，兼国史院编修。宋濂二十五岁拜柳贯为师时，柳贯已六十五岁。宋濂经常前往柳贯的住处拜谒求教，有时冒雨前往，令柳贯喜出望外，作《秋雨中喜宋景濂见过》，"过林倘肯频纡辙，剪烛犹堪语夜终"，希望宋濂能经常前去，一同剪烛论学。

上柳家村的村民们说，宋濂所在的宋家宅，后来在一场洪水中淹没。而柳氏子孙代代相传，一直为宋濂守着这片曾经诞生和养育他的故居遗址。

秋暮的潜溪岸上，桂花还未落尽，紫薇还开着花，木槿花也零星地开着，这些花木，都是近年种植的。在溪岸许多不经意的地方，也有开得正盛的芦苇和野菊花。这些芦苇和野菊花在水边自生自长，一年又一年，在老地方成熟，然后被秋风收割，亘古不息。

潜溪期待一场雨，期待在一场油润的春雨中醒来。我似乎看到，一个遥远的春天俯身在潜溪之中，潜溪万物生长，蓬勃如风。

五

我顺着潜溪溯源而上，找到了溪口水库。溪口水库已经大面积干涸，大片的库底成为湿地，长满了水草，只在深水区还留着一片水域。在秋水长天与黄土之间，有长满松树的小岛，水库边杨树林落叶纷纷，三三两两的白鹭在水面和湿地之间飞翔，或高或低，或远或近，但始终不离开这片库区。

秋已暮，凉风起，悲从中来。宋濂最后一次回到潜溪，是在1379年的冬天，他专程回来祭拜先人。此后再也没有回过这片土地。

七百多年，似乎就是一天。昨天，宋濂还在水库下潜溪畔的屋子里吃饭、睡觉、读书，听父亲的教诲，听母亲的叮嘱。第二天，屋子不见了，宋濂也不见了，只有一堆乱石和荒草，恍如一场梦。然而，潜溪之畔真实地留存着宋濂的痕迹：宋濂在风中写下的诗，父亲在黄昏讲过的话……

那天黄昏，父亲从外面回来，喝了一口酒，对宋濂说："你应该从名人游学，不使我们的宗族蒙羞。世人常购良田、建华屋留给子孙，但不须多日良田华屋就易主了，我不会要求你这样做。世上还有些人，趋炎附势，交结权贵，企图通过他们的权势威灵来邀荣取宠，即使也能跻身仕途，但贪污纳贿，以致身败名裂，我也不希望你这样做。我所期待的是你能做一个孝子，懂得孝悌的道理，将来能成为良师大儒。"

"我家潜溪曲，正面溪上山。揉桂作阖庐，文杏为重关。新栽二尺松，猋猋杂黄管。白鹤寄书来，问我何当还。移之万仞冈，瘦骨撑犀颜。"《和刘伯温秋怀韵》这首诗为宋濂晚年所作，梦里魂里，他曾无数次回到潜溪。

这溪中的白鹭，是从大明朝飞回来的吗？宋濂从潜溪出发，飞向浦江，飞向大明的朝堂，成为大明的文臣之首，成为"太史公"，成为文学家、史学家、思想家，如愿成为一只鲲鹏。一直以来，宋濂都想如远古的英雄大禹、后稷一样建立非凡功勋，不愿意像"小丈夫"一般逃避人间，隐逸山林。用他自己的话说，"苟用我，我岂不能平治天下乎？"

这溪中的白鹭，是从四川夔州飞回来的吗？明洪武十三年（1380）冬天，宋濂的长孙宋慎涉及胡惟庸党案，被处死；宋濂的次子宋璲也未能幸免于难；宋濂因太子朱标与马皇后求情改为流放四川茂州。妻子病逝、次子和长孙被处死，他的命已去了一半，另一半的命也在这遥远的旅途中耗尽了。明洪武十四年（1381）五月，宋濂在夔州（今重庆奉节）的一家寺院中一病不起，溘然长逝。在他去世前，他告别了郑义门，却没来得及告别生养他的土地，于是，他便把灵魂寄放在白鹭身上，让它带回潜溪。

青萝山

一

元至正十年（1350）春天，草长莺飞的季节，宋濂和夫人贾专带着两个儿子，从潜溪老家搬到浦江的青萝山居住。新居的院子围上了矮墙，里面是三间房屋，一家人欢天喜地。宋濂十八岁的长子宋瓒忙着帮母亲收拾家什，七岁的次子宋璲则好奇地房里房外打量，而宋濂则把一块早已准备好的牌匾"潜溪"挂在屋前。潜溪是宋濂的故土，在青萝山新居挂上"潜溪"之匾，他大概觉得青萝山是潜溪的延续，或者，青萝山在他心中如同潜溪一样重要。

青萝山在浦江郑义门东去约五里路的郑宅镇安山村。是一座名不见经传的小山，为仙华山分支。"绝岭之云烟，长溪之鱼鸟，皆接于耳目之间。"宋濂的僚友贝琼的《青萝山房歌》这样描述青萝山的景色。

早在四年前的至正六年（1346），宋濂的母亲去世后不久，宋濂就买下了这块地，房子建好已多时。此时，母亲的丧期已过，祖母的三年丧期已满，是搬家的时候了。搬来青萝山，一家人不再两地分居，他也方便尽一位父亲的教导之责，一家人的心情都如烂漫春花。

四年后，长子宋瓒成家，长孙宋慎出生，青萝山原来的三间房屋已显得拥挤，宋濂就扩建了三间前轩，并在房屋的东西侧构筑了飞檐，命名为"青萝山房"。宋濂对长孙宋慎十分偏爱，宋慎也一直没有让爷爷失望。

说来也是奇事，宋濂偶然读到宋嘉定末年的一张官给地券，青萝山房所在的地方标着"宋公园"字样，似乎一切早已注定。

宋濂选择在青萝山安家，是因为附近麟溪的郑义门。郑氏以孝义传家，在北宋时期由郑绮倡导同族而居，至元末举族而居已历九世，子孙多达两千余人，蔚为人间奇观。郑义门非常重视族中子弟的学习，元朝初年，郑义门同居五世祖郑德璋，在郑义门聚居地附近的东明山上创建了东明精舍，让子孙都到这里读书。宋濂就在东明精舍里执教，已有十五个年头。

二

宋濂早年求学时，仰慕吴莱的才学，在诸暨白门拜在吴莱门下。吴莱是浦江吴溪人，学富五车，著作等身。一度赴京任职于礼部，因与部中官员理念不合，辞职回到家乡，先后在诸暨白门义塾、浦江郑义门东明精舍执教。

元至元元年（1335），吴莱因身体原因辞去东明精舍教职，推荐宋濂接任主讲，执掌教鞭，二十六岁的宋濂欣然应允。

在东明精舍教书的生涯，宋濂旷达而自在。郑义门附近除了麟溪、东明山外，还有玄麓山、桃花涧、官岩山等好山水，宋濂在教课之余，常带着朋友和学生前去攀缘，体验孔子"浴乎沂，风乎舞雩，咏而归"的意趣。

友人王祎这样描写当时的宋濂："性疏旷，不喜事检饬，宾客不至，则累日不整冠。或携友生徜徉梅花间，轰笑竟日；或独卧长林下，看晴雪堕松顶，云出没岩扉间，悠然以自适。"徜徉梅花间，独卧林下，看晴时山雪，白云落日，宋濂的日子好不自在。

近七百年的时间过去了，从宋濂留下的诗歌中，似乎还能听到他畅意的吟咏："桃花满灵涧，树老不计春。白云如可问，为觅种桃人。"（《桃花涧》）"箫史去已远，朱鸟不下来。幸有山头月，怜来入酒杯。"（《凤箫台》）

转眼之间，十五年后，当年的俊逸青年成了中年大叔。经他教导的郑氏子弟许多走进了朝堂，成为社会和家族的栋梁。他也成为郑氏家族的重要倚仗，甚至被邀请参与《郑氏规范》的编撰和完善。《郑氏规范》集教育、管理、惩戒等内容于一体，凡家族成员的行为规范、权利义务、日常活动、奖赏劝惩都有明确的规定，非常便于操作和应用，是中国历史上一部影响深远的治家规范。

宋濂已深深迷恋上这个孝义传家、风俗淳朴、诗书馥郁的郑义门，搬到青萝山居住的念想在心头萦绕已久，此时终于如愿以偿。

三

事实上，此时的宋濂身份非常尴尬。在他搬入青萝山新居的前一年，元统治者向屡屡科场失败的宋濂抛出了橄榄枝，诏他为翰林编修官。对于这个读书人梦寐以求的职位，宋濂借故推却了。他大概对当时的时局做了一番分析，元朝统治者嗜杀成性，不可能实行儒者理想中的仁政，也就没有一个儒生的用武之地。宋濂推掉元朝官职所借的理由是入仙华山为道，他给自己取了道名元贞子，别号仙华生、仙华道士。

安置好家人，宋濂便上仙华山"修道"了。说是"修道"，其实是著书。其间，他完成了《浦阳人物记》上下两卷，上卷为忠义、孝义、政事三类，下卷为文学、贞节二类，共收人物二十九人。每一类的开端，撰有解题的小序，论述此类别的性质、源流及作者的选择标准。人物小传后，有赞语，表明作者对人物的看法和评价。

宋濂以为自己堵死了仕途，而山外此起彼伏的农民起义，昭示着一个新时代的来临。搬到青萝山第二年，元至正十一年（1351）十月，宋濂在战乱中又避入青萝山北侧的小龙门著书，至第二年正月写成《龙门子凝道记》。在《龙门子凝道记》中，宋濂坦陈自己愿意像远古的英雄大禹、后稷那样，建立非凡的功勋。但对于出仕，他坚持要求统治者须像刘备三顾茅庐请诸葛亮那样礼聘他，不然，他宁可老死山中也不出仕。

元至正十六年（1356）前后，宋濂的文集《潜溪集》《潜溪后集》《萝山稿》陆续刊行。这是郑义门和郑氏子弟回馈他的一份厚礼，为宋濂赢得了广泛的声誉。一切都是无意而有意地成全。

四

朱元璋果然多次派人聘请宋濂。

元至正二十年（1360）三月，宋濂与刘基、章溢、叶琛一起前往南京。同年十月，为太子朱标授经。

明洪武元年（1368）正月初四，朱元璋在南京正式称帝，国号大明。宋濂为父亲守丧期满回到南京复职。朱元璋此时见到宋濂如同见到救星一般——新朝虽已立，但要推翻统治了近百年之久的元政权，光靠军事还不够，还必须使北方百姓明白明军北伐的道理，消除北方官僚对大明政权的恐惧心理，从而瓦解对方的士气。宋濂写下了告北方官吏的《谕中原檄》。

"当此之时，天运循环，中原气盛，亿兆之中，当降生圣人，驱逐胡虏，恢复中华，立纲陈纪，救济斯民。"这篇不到千字的檄文，蕴涵着强大的力量，唤醒了汉民族被征服被压迫的屈辱记忆和尊严，揭示了元朝政权的荒淫腐败，痛斥了蒙古族违背儒家伦理的陈俗陋习，斥责了元朝将帅拥兵自重、互相残杀的现状，宣扬了大明军队所向披靡的声势和军威，提出了"驱逐胡虏，恢复中华"的口号。

宋濂撰写这篇檄文的时候，定然是热血沸腾的。他的老师柳贯和吴莱都师自方凤，方凤等人誓死不事元朝、"驱逐胡虏，恢复中华"的遗志也在他的血液里流淌。上上辈人的遗志，经后人之笔呐喊助威，何尝不是一种圆满。

这一檄文果然抵过百万雄师，大明的军队以雷霆万钧之势席卷中原。"北伐军所到之处，山东河南州县纷纷降附，名城如济南、益都、汴梁、河南府都不战而降。"

激烈过后，一切仍归于宁静。

不知为何，宋濂在这一年闰七月之前又回到了青萝山。住不多久，十二月又被朱元璋召回，命他回去任《元史》总裁。同为《元史》总裁的，还有王祎，王祎也是柳贯的学生，与宋濂同乡同门，小宋濂十二岁，正是年富力强的年纪。显然是朱元璋有意安排。

宋濂又匆匆收拾行囊还朝。明洪武二年（1369）八月，经过六个多月的奋战，《元史》初编完成，这本史书记录了自成吉思汗建国（1206）下迄元宁宗在位（1332），共一百二十六年间的历史，标志着一个时代的结束和大明王朝的崛起。

明洪武六年（1373）八月，朱元璋又下诏编纂《大明日历》，又命宋濂为总裁官。由于《大明日历》藏于宫中，外界不得浏览，宋濂等建议在《大明日历》的基础上编纂一部类似于唐代《贞观政要》的政论类史书，可供人人阅览，为此，又编纂《皇明宝训》。同年十一月，朱元璋又下诏修《大明律》，宋濂因为负责编纂《大明日历》和《皇明宝训》无暇参与。宋濂虽然没有参加《大明律》纂修，但《大明律》总裁官在许多方面都征询过宋濂的意见，从宋谦的《进大明律表》中可以看出，《大明律》中不乏宋濂的法治思想。

明洪武九年（1376）六月，朱元璋有感于宋濂"久典制作，宣劳为多"，特授宋濂翰林学士承旨（正三品），嘉议大夫知制诰，兼修国史。不久，朱元璋又授宋濂长孙宋慎为殿廷仪礼司序班，次子宋璲为中书舍人。

明洪武十年（1377）正月，六十八岁的宋濂致仕还乡。在此之前，朱元璋又为宋濂的祖宗二代给予封赠，父亲为嘉议大夫，礼部尚书，母亲为淑人；祖父为亚中大夫，太常少卿，祖母为淑人；夫人贾专为淑人。这些诰书，都由朱元璋亲自撰写。

行前，朱元璋说："卿来此迹将稀矣，可能再见否?"宋濂回答道："老臣身未就木，当一岁一来也。"两人看似情深的对话，显然有些诡异，一个心有不安，一个有意迎合，已为一个悲剧埋下了伏笔。

五

明洪武十三年（1380），胡惟庸案发，次子宋璲和长孙宋慎被处死，宋濂连坐入狱。古稀之年的贾专不堪打击，悲伤过度，在青萝山房凄凉离世。

宋濂九岁时与贾专定下亲事。那时，宋濂"神童"之名在坊间流传，贾专的父亲贾伯达（义乌人）主动到宋濂家里提亲，两人就这样订下了婚约。两人成婚时，宋濂二十三岁，贾专二十二岁。婚后，宋濂一心读书、教书，家里的生产、家务全都落在贾专身上。后来两位儿子出生，贾专操持家务，侍奉公婆，抚育孩子，把家里安排得井井有条。青萝山下一个又一个日落，贾专等候着宋濂，等到他带回的一个又一个荣耀，最后等来一场凄凉的长别。

狱中的宋濂因马皇后、太子朱标的求情，免去死罪，被流放至四川茂州。明朝的茂州，是一个刀耕火种、荒凉寒冷之地。宋濂知道，朱元璋虽未杀他，也没想给他留活路，否则不会将他这个七十多岁的老人流放到如此偏远落后之地。自知时日无多，此一去当是永别，临行前，他把文稿、画像托付给义门弟子郑楷，并赋诗一首：

> 平生无别念，念念只麟溪。
> 生则长相思，死当复来归。

如今，宋濂的青萝山房早已不在，只留下一片草地和荒芜。贾专的原墓就在青萝山房附近，在数百年的时间里孤独地守着青萝山，守着青萝山房的往事。

2011 年，郑义门后人在此建了墓园，筑了宋濂的衣冠冢。2019 年，又将宋濂子嗣的墓迁入墓园，其中也有宋濂的次子宋璲和长孙宋慎。

墓园在青萝山脚下，旁边是一条公路，周围一片田野。秋冬时节，冷风吹拂着颓败的野草，发出哗哗的声响，似乎在为客死他乡的宋濂哭诉。宋濂的一生都在奋斗，少时读书拼尽全力，教书育人名满天下，"驱逐胡虏，恢复中华"的檄文激荡过中原大地，著文修史，青史留名。从潜溪到青萝山，从青萝山到朝堂，从朝堂到四川。最后，留下一目对故土苍凉的遥望，对麟溪满怀深情的念想。他的人生地图如此壮阔，也如此波澜起伏。人生无法预料，按自己的愿景真实生活，就是最好的人生。

大京兆第

永康有一个文楼村，一幢叫"大京兆第"的明代五进大宅院是这个村庄的文化地标。"大京兆第"的名字源自它的主人程正谊官至大京兆尹（类似于今天的北京市市长）。我想说的并不是程正谊从穷书生到大京兆尹的逆袭之路，而是他与夫人之间的知遇传奇和爱情故事。

一

明嘉靖二十九年（1550）深秋的一个下午，文楼村附近收割已久的田野一片荒凉，稻谷收割后留在田里的稻桩整整齐齐，田埂上各种各样的野草长得茂盛，蔓到田里。一位十五六岁书生模样的少年，提着一只竹篮，在田埂上一边拔猪草放在竹篮内，一边撸稗子放在口袋里。田边的土路上时有农人经过，心头涌上怜惜之情的禁不住摇了摇头。他们都知道，这位少年是文楼村教书匠程方峰的儿子程正谊，父子俩都爱读书，但教书收入微薄，家境也不好，此时家里大概又快要揭不开锅了。

经过的农人中，有一个附近村庄橙里王村人，他经过时，只见少年拔猪草、撸稗子，又见少年的衣裳单薄，而且洗得发白，脸上露出嫌弃之色。农人认得这位少年，他与自己村里的一户人家定了亲。这位农人回到村里，又刚好碰上了这位少年的"准丈人"，不知怀着怎样的心思，把刚刚在田野里看到的情形向他描述了一番，又感慨了一番。那老汉听后很不是滋味，心想，这女儿还没嫁过去，自己在村里人面前就已抬不起头了。如果女儿嫁过去，女儿一辈子受苦受累不说，自己怕也要跟着一辈子受人白眼了。这门亲事本来就不满意，不如退了。老汉心中有了主意，决定第二天一早就到文楼村程家退婚。

第二天，老汉果真来到文楼村程正谊家，单方面把婚约退了，生生退掉了未来的大京兆尹女婿。

文楼村的少年程正谊突然被退婚，深受打击，他步行到离文楼村约八公里处的后塘弄村，找到吴大桂员外家，找到在吴家私塾教书的父亲程方峰。程方峰见儿子突然寻来，又一脸不悦，知道一定发生了什么事。他把儿子带到房间，听儿子说明事情，也不由一番感叹，每个人都根据自己的经验选择未来，他不能要求一位农人有着长远的眼光。

此时，员外吴大桂来了，见父子俩一脸沉重，忙问发生了什么事。程方峰也毫不隐瞒，一五一十把事情说了出来。吴大桂听完，低头沉默了一会儿，之后抬头说道："叔明（程正谊字）这孩子上进，将来一定有出息。如若不嫌，我夫人花房里有二十四位姑娘，可任他挑选。"程方峰见状顺水推舟："吴员外美意，方某感激不尽。可否请那几位姑娘到学馆前来，让我们看一眼。""我看可以，容我回房与夫人稍做商议。"吴员外说完，便急忙回房与陈夫人商议起来。

房内，陈夫人听说要给私塾先生的儿子找门亲事，想着私塾的程先生饱读诗书，儿子也是有学问的，将来考个举人、进士也不是没有可能，是一门很不错的姻缘，心里也是满心欢喜。

很快，吴员外夫妇就安排绣房的姑娘都到学馆来，让程正谊相看。经过精心准备的二十四位姑娘款款朝学馆走来，程正谊在学馆门口翻倒了一把扫帚，前面二十三位姑娘从学馆门前一一走过，都从横在地上的扫帚上跨过去，唯独第二十四位姑娘扶起了地上的扫帚，安放好后，才大方走过去。程正谊告诉父亲，他就选中了这第二十四位姑娘，尽管这位姑娘相貌平平，头上还长着疮。

这第二十四位姑娘，正是吴大桂员外自己的女儿吴玫。

二

后来，程正谊与吴玫定亲、成亲。程正谊求学苦读，吴玫生儿育女，料理家务。二十一年光阴，在程家贫寒的窗下悄悄溜走。

时间来到了明隆庆五年（1571），进士及第的报喜鼓乐传遍了文楼村的角角落落，村民们奔走相告，三十七岁的程正谊怒马鲜衣，荣光无限。

报喜的鼓乐应该也传到橙里王村，当年单方面退婚的老汉听到这个消息不知有何感想，会不会悔得肠子也青了？

报喜的人群散去，程正谊深深舒了一口气，如同终于抵达漫漫旅途的目的地。这条科考之路，他不知道要走多少路途，也不知能否抵达，但如今，他终于走到了。他抵达的，不仅仅是自己的前途，也是对二十一年前一份信任的兑现。回首往事，感慨万千，感恩之情涌上心头，程正谊拉着妻子的手说："若二十一年前没有你的信任，二十一年来没有你的陪伴，我走不到今天。"程正谊明白，进士及第对他而言固然重要，但人生的盛景，并不在喧闹的名利场，而在人生窘迫之时伸出的双手和数十年如一日的陪伴。

来不及感怀过去，程正谊便赴任武昌司理，又任刑部主事、云南按察副使、河南按察使、四川布政使、大京兆尹等，一步步走向人生巅峰。程正谊的官越做越大，吴玫的富贵荣华自不必说。

对于程正谊三十年官旅生涯，后人这样评价："他能文、能武、能官、能民。运筹帷幄，决胜千里。他敢想、敢说、敢做、敢为。视公侯如粪土，置百姓于心头。他不贪、不占、不拿、不取。廉洁奉公，两袖清风，心如明月，高山仰止，苦心经营，为一方百姓，积银数万，而己不取一文。"

明万历二十八年（1600），程正谊从长江坐船离开四川，赴任大京兆尹，但他的船行到淮河时，却收到四川贡扇出事的消息，王道增、刘三才等官员被降职查办。原来，从四川送到皇宫的扇子，上交数量每年增加，百姓负担沉重。程正谊任四川布政使时，曾悄悄下令贡扇不必做得太精致，以免数量再增，加重百姓负担。如今贡扇出事，程正谊虽已调离四川，但他没有一推了之，而是上书朝廷，说明此事真相，把一切责任揽到自己身上，选择辞官回归故里。

此时的程家，已儿孙满堂，家业兴旺。从现存大京兆第的宅院中，可窥见当时的荣华。

大京兆第坐北朝南，门口有一池塘，由池塘两边斜坡进入宅院，门前有"下马石""落轿石"。整座院子呈长方形，高处俯瞰，池塘如一顶官帽与宅院连为一体。

府第门口的"大京兆第"横匾，无声地宣告着程家的地位和殊荣。大宅院中轴线上建有前后五厅，一厅正门为五楼牌坊式，正脊吻兽，翼角起翘。进门是高明堂，后面是清白堂，再后面还有两进院子，分别为宸华堂和慎修堂。如此宏大的建筑，在当时并不多见。

各进院子结构相同，格局对称，东西厢房各有十七间房子。厅堂纵横，曲直相仿，村民们介绍，若遇雪雨天气，足不踏湿却能遍走各地，而外人进入，却是易进难出，如入迷宫。东西厢房间各有弄堂出入，明明有路，可走近又无路，只待继续往前至穷尽处时，才又见直角转弯的通道，柳暗花明，不得不敬服设计者的匠心和巧思。

回归故里的程正谊，已是一位六十七岁的老者，那"廿四姑娘"的青丝也已染上了霜雪。

三

此时，程正谊的父亲程方峰已去世十五年。程方峰是哲人王阳明的弟子，一生教书育人，是明代五峰书院的核心人物。他曾在五峰书院讲习王阳明心学，却被污为"建淫祠倡伪学"在公堂上据理力辩。程正谊继续父亲的事业，重整五峰书院，教书育人，写诗论学。

明万历四十年（1612），七十九岁的程正谊走完了他不平凡的一生。弥留之际交代后人："莫忘后塘之恩……"

想来，暮年的程正谊，一次次回想起他和吴玫的往事，当年，他因为贫穷而被退婚，她因扶一把扫帚被他相中，两人从此执手一生，人世间的温暖和美好，莫过于彼此欣赏和信任。他此生无憾，只欠"后塘之恩"。

从此，程正谊的遗嘱代代相传。

每年大年初一，文楼村的程氏后人会相约集体到后塘弄村拜年，浩浩荡荡的拜年车队行驶在至塘弄村的八公里乡路上，成为当地独特的风景。而在大年初二，后塘弄村的村民也有浩浩荡荡的拜年队伍到文楼村回拜，每年的这一天，大京兆第会早早开门迎客，桌上摆满各种茶点。客人们喝过茶后，永康传统招待客人的鸡子索面又摆上桌来。后塘弄的客人吃过鸡子索面后，还要到"廿四姑丈"和"廿四姑婆"的坟上祭拜。文楼村和后塘弄村两个"亲家村庄"彼此拜年的习俗，在程正谊去世后四百多年的时间里从未间断。

　　不仅如此，文楼村正月的花灯也定要迎到后塘弄村去，数千迎送花灯的队伍，灯如海，人如潮，爆竹响彻云霄，烟花漫天飞舞。这个时候，后塘弄村各个祠堂都摆满了农家菜肴盛情款待客人。农历八月十三，后塘弄村打罗汉定要打到文楼村来，又是另一番热闹景象。

　　如今，大京兆第已旧迹斑驳。我站在老建筑的天井中，"廿四姑婆"和"廿四姑丈"以及他们曾经有过的荣耀和富贵都已在岁月中消散，在未来的某一天，这座古老的建筑也将坍塌毁灭，但关于"廿四姑婆"和"廿四姑丈"的故事，一份执手贫寒、始终信任的情感，让无数程氏后人有了赤诚之心，有了长远的目光，有了广阔的胸怀。

靠近太阳

洞井，隐于金华北山山脉，于大地褶皱之间一个平凡无奇的小村庄。

不知从什么时候开始，有外乡人从村中走过，说是从山那边过来的，村民们无比诧异——传说中，有一条从兰溪、浦江抵达金华最近的路，途经洞井村，可是，隔着崇山峻岭、奇峰险隘、荒林野地啊！

在村民们诧异的目光中，越来越多的外乡人从村庄中走过，有些人从山那边来，有些人到山那边去。大家开始探索这条奇险却便捷的道路，越来越多的人开始关注这条道路的修建，有人出力，有人出钱，也有人出主意，不断有人加入这条修整道路的队伍，一个陌生而神秘的世界伴随着惊喜在崇山峻岭之间打开。

洞井开始为这些外乡人改变，辟一家茶店，开一家面馆，建一个小小的客栈……洞井来往的外乡人越来越多，各种各样的小商铺陆续开起来，越来越多的村民加入了这个行列。事实上，这些商铺给村民带来了不错的收益，甚至大大多于他们在大山和土地上的劳动产出。在漫漫岁月中，外乡人的必经之地逐渐演化成一条街道。

一

老街有多少年岁，形成于何时，大概已无人记得，但无论如何，它总有千余岁了。如今，它早已完成历史的使命，又因为那段历史被村里作为旅游资源进行开发、修葺。

为此，老街又有了新的样子：有斑驳的青砖之墙，墙边有临街的门，从门口往内探看，是古旧幽深的院子；有龟裂的土墙，墙里有隐约的墙基和旧地上的荒芜；街巷上铺满青石板，许多是新的，也有旧的，旧的石板在无数光阴里已被无数双脚磨得圆润光滑，又在岁月的遗忘中有了苍茫之质；街道两旁尽是新的木质店铺，统一的酱紫色，依着地形借着两三步台阶，妥帖地组成了老街……

老街中有包子铺、面铺、书屋等，但大都关着门，有一间理发店开着，临街大窗也开着，却不见主人。青石板砌成的街道两旁，长起了绿草。洞井老街如同一颗干瘪的果子，时间已攫取了它甘甜的汁液和饱满的果肉，只留下一个没有了光彩的果皮外壳，让人凭吊。

不得不说，洞井村有着接待外乡人的天赋。在老街中段往下几步之遥，有一古泉，称"洞泉"。两口井眼内，是宽阔的泉池，泉水清冽如镜。通过井口往下探看，泉水离井眼不到一米距离，水下清晰可见细沙，还有古旧的青砖，阳光通过井口射进来，照亮了一角泉池，一条小鱼游过并停驻在阳光里，一身苍黛，身形消瘦，却灵动无比，宛如从千年的历史中游来。井口边有石刻："天启三年，曹氏重整修造。"天启三年（1623）至今，刚好四百年的时间。想来，在四百年之前的更久远的时间里，这洞泉就已存在，也许在古道形成之前，也许更早，总之，这洞泉的泉水成了来往路人饮用、濯洗之源。你看，那宽阔的泉池下边，还有一口小小的长方形水塘，水塘和泉池之间有一小水沟，高于水面的水，都流进了水塘。

不管从哪个方向来的外乡人，他们来到洞井村，走过洞井老街，来到洞泉，洗去汗水，洗去疲累，洗去凌乱和匆忙，洗去走过悬空蹬道时留下的惊恐，洗去翻越高岭所有的不适，整整衣装，重新上路。

古街在山野里延伸，却已不见古道。街的尽头有一木质的路牌伸向山野：百米瀑布叠水岩、唯一洞……

事实上，太阳岭古道早已模糊了原来的样子，甚至于从哪里走过也不再真切，它早已湮灭于时代的车轮——潘石线（金东潘村至兰溪石埠）已将它全面取代。潘石线与古道，在这山岭间交缠，有时相交，有时重叠，有时展开各自的天地。潘石线如一条游弋于这高山峻岭之间的游龙，而太阳岭古道已如破碎的布条散落于山野。

太阳岭古道已模糊了自己的样子，但这里的山岭、峡谷仍然记得它不朽的功绩——它是一条古老的血脉。它传达过朝堂的政令——自宋绍定年间至晚清，这条古道上一直设有公馆铺、邮亭、石关，也少不了浦江官员到金华府办事的身影。它连接过金华、兰溪、浦江三地人们的情感与交流，求学、访友、走亲戚。它是百姓的生活与烟火，古时金华通往严州（今建德）、临海、越州（今绍兴），温州通往严州、歙州（今歙县）都必经此道。

二

从洞井村到阳郑村，车行潘石线不过是几分钟的路程。阳郑村位于太阳岭脚下，与兰溪毗邻。

从村中设置的介绍中可知，这里在抗日战争中留下了门前山炮台岗哨、太阳岭背炮楼等多处遗迹。如果说，在这之前的太阳岭古道烟火氤氲，是温暖、善良、慈悲的话，那么就在此处，太阳岭古道有了刚毅的血性——它可以给予任何人方便，但绝不给侵略者放行。

那是 1942 年 5 月 21 日，日军占领浦江县城后进犯金华，在太阳岭一带的国民党陆军四十九军一〇五师，凭借这里的天险屏障，对日军进行了顽强阻击……

阳郑村的山野，有古道的入口，有蹬道直达岭背。《浦江县志》对此有详细的记载："岭高数十丈，蹬道盘空，广容一轨，长十里，登陟间，但见奇峰怪石，古木苍藤，左右应接不暇，而不知己身在白云中矣。立乎岭之巅，以望境之北，则重峦叠嶂，紫青缭白，不可胜状者……"

我走在这条古老的山道之上，寻找蹬道的遗迹。青石铺设的阶梯直上山岭，少有转弯。谷雨时节未到，两旁的草木已呈郁葱之势，偶尔有枯黄的芦草丛挡住去路，走过去，又有一排古树夹路相迎……停停歇歇，已过半山之上，回头一看，迎上了一个满是绿意而苍莽的峡谷，在风中荡着绿涛，不由被带入一种深邃与浩荡，人也感觉飘荡起来。再往上走，见一片竹林，竹林旁的路因为少有人行走，道已不成道。人行于古道，却已听闻汽车开过的声音，潘石线显然就在附近了。快见山顶时，道路就引向了潘石公路。现代文明的着眼点，就是解决危险与要隘——昔日礤道的盘空、险峻，连同太阳岭古道的旧日风采一起，早已消失，遥想当年这里的险峻礤道，让人感叹沧海桑田。

太阳岭巅，是太阳岭古道的最高点，也是金华与兰溪的分界点。它以太阳岭古道之巅的名义，曾经吸引过无数仰望的脚步和目光。《浦江县志》记载："建县就有。"浦江建县的时间是东汉兴平二年（195），如此算来，太阳岭古道至20世纪70年代已有一千八百多年历史。《浦江县志》还有记载：太阳岭，县南五十里，高于太阳齐，故名。岭顶为金、浦二县之界，有金浦庵，庵旁有亭。清朝乾隆四十一年，知县薛鼎铭重修，名曰"界云"，为文记之。

"高于太阳齐"，这得有多高？资料记载，太阳岭高数十丈（海拔323米）。太阳岭的高度显然不在海拔，而是肉身对大自然的抗争，是一条山岭在人们生活中密不可分的时时萦绕，是心灵对外面世界的不断张望……总之，太阳岭古道在人们心中曾经如此惊险、高绝地存在过。

登上太阳岭背，必须经受肺活量、体力，以及心理承受力的考验。太阳，不仅仅是大自然的美丽与壮观，更是温暖和希望。曾经抵达太阳岭的人们，每一次登顶，都是一次对大自然，对生命力的征服，是一次次不断靠近温暖和希望的征程。

三

太阳岭古道的许多故事，必须在太阳岭巅展开。

此时，我似乎看到不惑之年的浦江县令强至，在蹬道上一步一吁，喘着气惊魂未定地走上来，待气息稍定，便作起诗来：

高侵寥廓势盘纡，倦足登时每一吁。

方寸人心犹有险，况教广地尽平涂。

　　此时是北宋至和年间，强至是到金华府谈公事的，与他同行的应该还有随从，看到他狼狈的样子还不忘作诗，纷纷掩袖偷笑。

　　公元 1279 年正月，南宋王朝已退出历史舞台八年，抗金名将文天祥的部将谢翱、浦江文人方凤、永康学派后人吴思齐等人，经太阳岭古道前往金华北山，与隐居在此的南宋遗民携手行吟，表达心中矢志不渝的民族气节。后来，他们在浦江成立了月泉吟社，在婺州大地的历史上留下了灿烂一页。

　　"南北两岭我中居，出入堡塞险且遇。"元人柳贯也曾经无数次走在太阳岭古道上。柳贯是浦江人，师从"北山四先生"之金履祥，后来又拜方凤、吴思齐、谢翱为师，四十多岁时北游大都，官至翰林待制，兼国史院编修。明臣宋濂二十五岁拜柳贯为师，也经常通过太阳岭古道前往柳贯的住处拜谒求教。

　　太阳岭古道，见证着柳贯与宋濂的师徒之情，也见证着宋濂的成长。公元 1330 年，二十一岁的宋濂从潜溪出发，攀越太阳岭拜谒大儒。五年后，二十六岁的宋濂又攀越太阳岭古道，前往浦江"九世同居"的郑氏家族，开始为期二十四年之久的教书生涯。

　　明万历三十八年（1610），浦江县令庄起元也来到了岭巅，他作诗一首：

初涉太阳巅，还疑上九天。

回头云渐下，举目日将连。

鸟道悬崖迥，半肠曲径旋。

官途多险侧，较此孰为先。

庄起元是常州人，年过半百中武进士，又初涉官途，对于他来说，上太阳岭如上九天之难，并由此感慨山道如官道。

公元 1649 年，三十八岁的李渔来到了这里，在这位被称为"东方莎士比亚"的戏剧奇才眼中，过太阳岭是这般景象：

一步一抠衣，登天此是梯。

瀑珠飞作雨，人气吐成霓。

放眼双溪窄，回头五路低。

太阳如果近，系住莫教西。

公元 1913 年初春，十三岁的曹聚仁怀揣金华省立七中的录取通知书，和两位兄长一起，从梅江蒋畈老家出发，翻过这座山岭到金华城求学。他在《金华另一半》中写道："南行金华，我总坐在太阳岭背上，望最后一眼。从金华回来，一爬到岭背，就伸着头来找寻我们故乡。"

有村民介绍，新中国成立后，太阳岭巅上还开着馄饨摊、面摊、茶店等四五家店，供过往行人、挑夫落脚休憩……

无数人在此写下故事，无数人在此靠近太阳。

修建过界云亭的清人薛鼎铭，站在亭中，心生无限感慨：

亭翼然兮山峨峨，男儿壮志空蹉跎。

悠悠万古白云在，片石尘埃可奈何。

就如此时，我站在岭巅之上，仰望逼于眼前的奇峰绝壁，俯瞰山川峡谷、苍茫大地，这样的场景，顿然让人失语，看到了自己的渺小与卑微，看到自己的浅薄与轻狂。我们之于这大自然，只不过一片叶子，之于悠悠万古，不过一粒尘土。只有沉默，心在沉默中下滑，滑到这峡谷之底，也在沉默中升起，回到这巍巍山峨之巅，心中满是羞愧。

一切已成烟云。如今的太阳岭巅上，还留有一座新建的界云亭。亭门正对潘石线，门梁上写着"界云亭"三字，两边是"高高太阳岭至府六十里，小小界云亭金兰分界线"。亭内有《界云亭记》石碑嵌于墙内，记录了重修界云亭的来龙去脉。修建这座亭的时间是1989年，由一位上徐村的老人在八十岁寿辰时捐建。2014年，他的儿子又对这座亭进行重修，立此《界云亭记》。太阳岭古道早已退出历史的舞台，但是它的历史太过悠长，人们的记忆太过深刻，以至于让一位又一位老人不断地念叨。

四

潘石线与太阳岭古道在太阳岭巅重合，又快速分开，古道在路边逐级而下，一路都是青石台阶，有些还泛着崭新的光泽和清晰的纹理，而有些石阶的光泽和纹理已在久远的岁月中被无数双脚磨去，如同一个个饱经风霜、看破尘事的慈悲老者。路旁有泉水一路同行，隐隐可闻淙淙的水声。

台阶旁长满了各种各样的野草，其中马兰头、鱼腥草都是我所熟悉的。春日草木长得飞快，甚至于石阶的缝隙里也长出了野草，涧水也漫出台阶来。我独自行走在这峡谷之中，抬眼远望下面的峡谷，不见一个行人，却有满野的阳光，几声蛙叫，喳喳的鸟鸣，和着淙淙的水声，自由在心中滋长，我成为这山野中的一只鸟、一株草，成为天上的一朵云。

一簇桃花进入眼帘，此时的桃花都已落尽，偶尔还有在枝上的，是一摊模糊的粉色。桃花与梅花是极像的，桃花花瓣柔软，而梅花的花瓣却有着凝脂一样的质感，花香也更加浓烈。此时看到桃花，却生生想到了梅花，想到在这深谷中折梅的郑刚中：

孤根抱石早春生，玉骨知春自发荣。

我有此间来往债，年年须挽一枝行。

郑刚中写下这首诗《太阳岭梅花》的时候，是宋靖康元年（1126）。他在诗前记道："每岁正月度太阳岭，半山间有梅花，尝以此时开，每见必折一枝，丙午岁成一绝。"这一年的正月，金军已入侵汴京，大宋的河山正遭受着金人的屠戮，此时的郑刚中三十八岁，一心苦读诗文，志在报效家国。

郑刚中在他四十四岁时得中探花，后来任川陕宣抚副使兼营田，在川陕取得了实战防守和战略防御经验。因为郑刚中，太阳岭古道上的梅花有了婺人的精神：傲然立雪，顽强不息。

青少年时期的宋濂经过这里的时候，寒风凛冽，积雪数尺。他在《送东阳马生序》中写道："负箧曳屣，行深山巨谷中，穷冬烈风，大雪深数尺，足肤皲裂而不知。"我在这深谷中想起宋濂的文字，心不由为之一颤，在这莽莽雪山之上，他是怎么攀过蹬道的，一脚踩踏不稳滑倒了怎么办，行于蹬道看到脚下深谷的茫茫大雪，有没有心生恐惧……毫无疑问，宋濂是太阳岭古道在寒冬飞雪中开出的又一朵梅花。

此时，一辆汽车在不远处的高山之沿呼啸而过，我遥望那条公路，遥望新时代的文明，遥望千年的沧海桑田。那是 20 世纪 70 年代，当地政府和群众劈山开路建起的潘石线，太阳岭古道为此结束了它一千八百多年的历史。我曾经多次驰行于那条现代的文明之路上仰望这条古道，如同今日在古道上遥望潘石线。

五

从太阳岭上下来，一箭之遥就是太阳岭脚村。抵达太阳岭脚村时，已是中午，村中新旧房屋相间，人迹稀少，偶有几位老人在门口晒着太阳，路上行人也不多。但我知道，其中看似平常的老旧房屋里，一定有着太阳岭古道的记忆，一段厚重的历史，一定会在此处停歇。

太阳岭脚村的文化礼堂，如同森林深处一座神秘的城堡，一个古老的故事等待讲述：太阳岭脚村，由原来的太阳、岭脚两村于 2016 年合并而成。

其间陈列着许多图片，图片旁有介绍，其中就有我们刚刚进村时看到的桥，原来那桥叫澄溪桥，建于道光年间，取村中青石板筑成，是兰溪、浦江通往金华必经驿道。而我们经过的那些老房子，有清朝兰溪、浦江学子赴京考试的驿馆，数代人苦心经营的店铺……

斜阳古道有瘦马，遥望炊烟无人家，在这条绵延数里的古驿道上，曾经樵客孤行、商贾密蹄，有文人长吟，也有枪炮轰鸣，这些往事，无不记录在这一路的古井、厅堂、民居、老街、古树、拱桥、清泉、小溪、驿道、关隘之中……

人生不过一场行走，行走于历史之道、地理之道，也行走于学与行，行走于眼前到世界，行走于故乡到远方。行走在这条古道上的人们，都去往了他们各自的目的地，我们已看不到他们的背影，甚至他们扬起的尘埃，也已落定多时。

古道上，已不见朴拙卑微的山民，也不见匆匆行者。一代代接续的"种稻耕白水，负薪斫青山"的生活方式，无数的悲欢离合，都被时代的洪流抛在身后，在人间熙攘的合唱中不知所终，只留下这颓败的道路和草木的葳蕤，以及我们半个未归的灵魂。

振声堂

一

初春的一个黄昏，义乌上溪镇黄山村一座古建筑的东北角，一位老篾匠坐在斜光中，神情专注，柔韧的篾条在他手上跳来跳去，他在修补着一只箩筐，修补过的地方，米黄色篾条如一个个小脑袋调皮地跳动在历经岁月已成酱褐的底色上。老建筑旁射过来的一束斜光，照在老篾匠专注的脸上，在地上投影成一个长而怪的影子。老篾匠的旁边，堆着已经修补好的四五个箩筐，还有一个大的竹匾、一个小的米筛，旁边还有竹条、一条旧长凳和一团团篾花。长凳是在农村常见的"四尺凳"，老篾匠就是用这条旧长凳和长凳上的简易工具，把竹条加工成篾条，留在地上一团团米黄色的篾花，如同一位从久远的历史中走来的孩童，要把眼下的时光引向久远的过去。

老篾匠不远处，是那座老建筑的大门，大门两边有古老的石台，石台在风雨侵蚀下古迹斑斑，肌理苍茫。按一般常理和第一感觉，两边石台上应该各有过一只石狮子。石狮子已然消失在历史的烟云之中，留下一片虚空和遗憾。然而，箩筐的破旧可以修补，这片留有遗憾的虚空却是一只曾经的石狮子最好的归宿，因为石台上的空白，这古老的建筑有了遗憾之美，老建筑前的这片空间就有了岁月长河中的悠远之声。来到此地的人不禁猜想：曾经在这里蹲着的石狮子是怎样威武，有着怎样惊艳的神采，它是不是微抬着头，眼睛看向远方，它是不是有过一声巨吼，周身光亮的毛发竖起……

这座没有了石狮子的石台在老建筑旁立了多久，老篾匠并不关心，他只当老建筑是一位老者，习惯在它的不远处静静地坐着，宁静而专注地干着手上的活计。

这座老建筑的正门长久地关着，对外开放的入口在另一侧的东南侧门，进门要登记，不用门票。进门是一个东院，东院右侧进去是一个天井，天井边是门厅，走进门厅，就进入古建筑的中轴部分了。立于门厅之中，对应着厅中提示的建筑图，这个老建筑的构建便在胸中了：大门进来，先是门厅，再是天井，天井过去是大厅，大厅后面是堂楼。此外，南北两侧各有两个三合院，建筑的各个部分廊廊相连，外墙开设了八个进出口的门户，不管从哪一个门户进去，都可以去往任何一个厅堂，因此村民们也叫这座建筑为八面厅。如今对外开放的部分，是东南侧的东院，中轴线的花厅、天井和大厅，其他部分的建筑，如同一个神秘的世界。

为此，中轴线上的门厅、天井、花厅就成为观者主要参观之地。小小的天地，却有着不凡手笔，无论是门厅还是大厅，都是粗大的柱子、敦厚的石墩，仰头一看，梁、檁、枋、雀替、斗、牛腿、天花板和门窗等部位，无不是精美的木雕，让人惊叹——木雕的世界可以这般精美绝伦。

二

有三三两两的游客进来，大都是大人带着孩子，在厅堂上转转，抬头看看，赞叹几句。他们应该都是带孩子到凰溪景区亲子游的，既然来了，当然也不会错过这座古老的建筑。在八面厅前流过的，是凰溪。近些年来，这片土地以凰溪为线建起了凰溪景区，有玻璃水滑、玻璃栈道、高空秋千、天空之镜、十里桃花坞等景点，吴晗故居、八面厅当然也在列。这座古老的建筑，也因为这些新的景点，迎来了孩子们好奇和探究的目光。

一对父子进门来，看着门厅上的文字介绍，你一句我一句地读起来："从清嘉庆元年（1796）开始建筑，历经十八年。""距离现在 2024 年，是二百二十八年了。""主人没有在此居住过。""建了十八年的房子为什么不住呢？""难道这个房子建起来不是为了住吗？""也许有我们不知道的原因。"这对父子一边对话，一边探究，没有最后的结论，出门去了，把这个问号也带了出去。

这对父子猜想的主人，叫陈子宷，生活在清代乾隆、嘉庆年间，家境贫寒，却好读书。他同那个时代大部分读书人一样，想通过科考改变命运，然而，他在考秀才的路上就一次又一次名落孙山。是继续求学考取功名，还是通过经商改变现状，陈子宷选择了后者。后来，他做起了火腿生意，几年下来渐成气候，到乾隆年间后期，已创立了"寅字号"火腿商行，总庄设于金华孝顺，并在兰溪、东阳、浦江等地开设分庄，"寅字号"火腿从水路源源不断销往苏州等地。不到二十年时间，陈子宷即"富冠西乡，誉满县城"。据保存至今的《黄山陈氏账册》记载，当时陈氏置田一千七百五十亩、地二百亩、山林三十七处计一千余亩，建筑厅堂八座计二百零七间、平房一百余间。财富随着时间不断积累，陈子寀可谓富可敌国。

赚了钱建造宅第，这是中国人的传统，目前农村留下来的大量老建筑中，许多都为商人所建。饱读诗书，又去过许多地方的陈子寀，他会建造一个怎样的宅院呢？八面厅无疑是陈子寀留在世间的一张人生试卷，这里不仅有他读过的书、走过的路，有他对子孙的期望，或者，还有未完的藏在心底的遗憾。

三

这座八面厅是在清乾隆五十八年（1793）前后开始筹建的，可是，颇具传奇的陈子寀不久就与世长辞了。陈子寀有个孙子叫陈正道，不仅善于经营之道，而且饱读诗书，陈子寀很喜欢这个孙子，辞世前留下嘱托，要求陈正道继续他未完的八面厅建筑工程。《义乌石门陈氏宗谱》记载，八面厅并非由制屋匠人设计，而是由陈正道亲自设计，画图之后交由工匠建造。他的设计不仅让"工师"叹为观止，而且为那些手艺精湛的工匠所钦佩。三年后，这座特殊的建筑终于动工兴建。

据说，八面厅主厅的柱料都选自严州（今建德）出产的百年香榧木，梁材则选自严州的老樟木，所用的石料也都是上品。建筑时间十八年，六千五百七十天，足以佐证这一工程的浩大，对应的不仅是钱财，更有耗费的匠心。十八年时间里，无数匠人在这片不到三千平方米的有限土地上建造了怎样的传奇？

传奇就写在这举头可见的木雕上：集线雕、浅浮雕、高浮雕、镂空雕、镂空双面雕、圆雕、平雕等工艺于一体，雀替、牛腿、格扇、挑头刻满人物故事、动物和花卉图案。细看，有单体人物、人物故事、佛道神仙、圣哲先贤故事，也有动植物形象、房屋建筑、风景名胜，几乎是天上人间无奇不有。再细看，木雕作品中讲述着双鱼吉庆、瓶生富贵、岁寒三友、事事如意、金玉满堂、连年有余、和合二仙、吉庆有余、平升三级、五福捧寿的典故；装饰花纹中有鲤鱼跃龙门、年年有鱼、佛手、石榴、桃等吉祥物。无论是哪部分木雕，都是人物造型灵动，神采不凡；动物花卉写实逼真，线条流畅生动；木雕工艺或并用叠加，或立体呈现……无不彰显了木雕艺人丰富的想象力和精湛的技艺，堪称木雕集大成和顶峰之作。

一束斜光照进门厅，照在牛腿上，照在一只狮子身上，狮子身上的毛发在阳光下动了起来，仿佛它立马要展示威武的身姿，抖抖身上毛发，然后一声吼叫，地动山摇。这满眼所见的尤物，似乎也都要在这傍晚的时光中活过来，带着那个时代独有的气息，向我们诉说两百多年前一位饱读诗书，也饱受磨难的商人的故事。

四

我走出这座老建筑，又在远处回看这座老建筑，它坐西南朝东北，呈长方"回"字形，与周围的建筑一起，被四周的群山环绕，白墙黛瓦，素净雅致，如同一位江南的谦谦公子。

八面厅前，大门口旁边除了空空如也的石台，还有旗杆石，石上的旗杆显然也消失已久。门前是一块空地，离大门口的一段铺设着古旧的石条，其他部分的地面铺着河沙，长着几棵不知名的小草。斜阳照在这片空地上，有三五村民围坐谈天。

据说，这片空地上原来有一座花厅，并有一座花园，只可惜在咸丰十一年（1861）前后毁于太平天国运动，同时毁灭的，还有那两只石狮子和旗杆。

我站在这空地上，想象着在两百多年前，这里曾经有过怎样花团锦簇的花园，有着怎样精美的花厅。有客人来访，必得先走过这花园，在花厅里用过茶，才能进入不同凡响的主厅堂。一如鉴赏精美的艺术品，在见它之前，要定定神，洗洗心，才能慢慢向它走近。

清嘉庆十八年（1813），造了十八年的八面厅终于建成，取名"振声堂"。振声堂惊艳了十里八乡，堪称一绝。然而，让人意外的是，这座宅院的主人却从来没有搬入这里居住。这座无比精美的建筑失却了它的居住功能，那么它建造的意义就被打上了问号，主人为什么要建造这座宅院呢？

我们必须要说一说陈子寀和陈正道所处的那个时代。陈子寀所处的时代，可以说是一个"天崩地裂"的时代。之所以"天崩地裂"，是因为在这之前的中国封建社会统治者长期采取一系列措施贬黜商人，禁止商人入仕，甚至把商业看成"奸伪之业"，在"士农工商"中，商人排在最末位。到了明代，社会生产力的发展和商品经济的繁荣使商人对社会的影响力逐渐增强。在陈子寀所处的时代，商人的社会地位已大幅度提升，一些原来重农轻商的封建士大夫也开始热衷于商业，也不乏儒生士人弃儒从商。毫无疑问，这是一个破除旧体制，滋生新思想的大时代。

陈子寀和陈正道就生活在这样的时代。陈子寀本是贫穷的儒生，因为时代和个人的努力，成为成功的商人。不得不让人细想主人为这所宅院所起的名字——"振声堂"，我想，它包含的意思不仅仅是振兴家业，应该还有"振振之声"，在那样的时代，陈子寀和陈正道要发出一个商人的声音。正如那沉睡已久的狮子，它要展示威武的雄姿，一声巨吼，地动山摇，那应该是一个饱读诗书的商人的思想，一个从商群体的生命尊严，是一个大时代的江南之声。

我绕着八面厅走了一圈，方方正正的外墙显然已被新刷过，又起了新的岁月的斑驳之迹，特别是在门窗的顶部，有着明显的风雨冲刷的痕迹。傍晚的斜光照在八面厅背面斑驳的墙上，并映照着聊天的村民、竹竿上的衣服的剪影。这座老旧的宅院，显然已是这个地方最古老的存在，如同一个苍老的故人，执拗地守着他的使命。

这座老建筑坐落于烟火深处，却从来没有过烟火，它超然于烟火之外，探索精神的远方，灵魂的皈依。它是一座石碑，一个时代的昭示，预示着古老的中国社会结构已发生变化，中国近代社会发展的大变革即将到来。

在振声堂大门前的一角，在那老篾匠的不远处，坐着一位老妇人和一个小女孩，她们正认真地穿着珠子，这些珠子显然是义乌小商品市场的产物。一个商品经济的大时代早已来临。时代的影子与这座老建筑，在斜光中交叠。

乡村集市

　　我经常到乡村集市去，离城市比较近的二仙桥、曹宅、澧浦、雅畈，我都去过多次。乡村集市如一首悠远的古曲，把大地的灵气、人间的烟火气以及历史的幽香糅合在一起，我为它所惑，乐在其中。

一

　　无论哪个时节，乡村集市上总是摆满各种各样的蔬菜。我闭上眼睛，就能想起春天长出花蕾的菜心、绑成一小捆一小捆的韭菜、一小把一小把鲜嫩的香椿芽。夏天或青或白的丝瓜一批接着一批，豇豆、茄子、苦瓜、西红柿等大量上市，想到这些，我似乎也听到了知了的叫声，以及在知了的鸣唱中择豇豆、刨丝瓜皮的情景。秋天有红苋菜、地瓜叶、西蓝花、大白菜、辣椒等，我常常学着母亲的做法在面条中加入红苋菜和土豆块，在这样的味道里，我似乎又回到了童年。冬天有萝卜、莴笋、芹菜、生菜、菠菜、莲藕；莲藕磨成泥，烤成藕饼，是永远吃不厌的。

　　几乎无一例外，乡村集市上的蔬菜都是刚刚从土地里来的，水灵灵的、翠生生的，带着早晨的气息和泥土的芳香，有着让人无法拒绝的诱惑力。那些各个季节都有的蘑菇、香菇，还带着轻柔的绒毛;鹌鹑蛋、鸡蛋、鸭蛋、鹅蛋,似乎才刚刚从窝里捡出来,还带着丝丝热气。看到这些精灵,似乎就能拂去生活中常常袭来的烦躁与焦虑,还世间本来的柔和与美好。

市场上,当然也少不了当季的水果,成堆的甘蔗、橙红欲滴的杏、黄澄澄的枇杷、火红的杨梅……我写下这些水果名字的时候,发现它已成为我生活中一些特定的符号,借着这些符号对记忆的指引,可以串起我人生无数的幸福和美好,当然也有很多无奈与茫然。

我想起母亲从小教我们的古老歌谣——"正月甘蔗节节长,二月橄榄两头黄,三月杏珠上盘碟,四月枇杷叶刚黄,五月杨梅红如火,六月莲子满池塘,七月枣,树头白,八月菱角带到窗,九月九,柿凹大栗当开口,十月小阳春,百花都开明。"母亲用永康的地方方言吟唱这首歌谣的时候,别有韵致和节奏,就如同她踩着四季变化的节拍种植蔬果。我一直觉得,生长于这片土地的蔬果,是属于这片土地的时节报晓使,有了它们,就能知道这片土地的呼吸与节拍,不至于与脚下的土地失联,与大自然失联。

踏入乡村集市,一篮篮蔬果如同一个个天使扎进你的眼,你的心。让你感慨,生命可以这样倔强,这样自由,这样鲜亮,如一片云彩。在这片天地中,只留下从早到晚的光阴、一日三餐的烟火、泥土永恒的芳香,还有大地的包容、可见的希望。

我在集市上买到过新鲜的苋菜,拿回家一炒,脆嫩甘甜,鲜美无比;买到过芡实的茎,口味鲜美独特。我恋上了黄色与紫色夹杂的甜糯玉米,买了一次又一次,直到秋天过去,市场上再也找不到它的足迹……

二

春节前的集市，是最热闹的，在热闹中夹杂着躁动。大家都似乎要趁着这个时间点跑完长跑的最后一站，补上一段生涯的最后缺口，完成一个一直没有完成的心愿，一切才能在新的一年里得以圆满。

市场上多了许多切白笋的小型机器，或晒干或熏干的白笋，经这些机器加工成一片片薄如蝉翼的笋片，俗称"白笋"。"白笋"是永康的叫法，金华则叫"箬笋"。小时候，只有过年的时候才能吃到白笋，用油渣或肉片炒一炒，用来卷薄而韧的小麦饼，是永康当地非常经典的美食。每每看到刚刚切出来的白笋，我总会自然而然地被吸引，就如永远也走不出的故乡。有人说，炒白笋与炖笋干都是笋，本质上没什么区别。我说，不能因为物质的同质性而忽略形式的意义，忽略数千年美食技艺和传承的美好。这些浸润过历史和烟火的民间美食，是悠远的历史在这民间食物中的小小注脚和情感传递。

市场上也开始有人卖麦芽糖了，两个蛇皮袋，一把木杆秤，蛇皮袋里是黄色的麦芽糖，正是我们小时候见到的样子。只是摊前显得有些冷清。对于我们20世纪70年代出生的人而言，麦芽糖有太多的记忆，而现在有着无数选择的孩子早已没有了我们童年时的兴趣了。

集市的一边，有钱氏馒头，店铺里一排排馒头蒸笼叠到屋顶，相比之下，蒸笼旁边的工作人员显得渺小，因为生意太过红火，交易点移到了店面之外。二仙桥的馒头是远近闻名的，据说有着当地独有的秘方——用甜酒酿和面。甜酒酿中活跃的酵母菌，可以让馒头在蒸笼中快速膨胀成形，并拥有别样的香气和口感。我后来把二仙桥的馒头带给富有经验的母亲品尝，母亲对二仙桥馒头的品相、口感、价格都给了很高的评价。经过历史沉淀的食物，总归是不一样的。

馒头店里还有状元糕，里面有糖馅，外面印着"状元及第"等字眼，是一方红色的印章，如同一团穿越历史的火焰。

二仙桥是千年古邑，离金华城区约二十分钟车程，集市形成于清朝康熙三十四年（1695），距今已有三百二十九年的历史。

数年前的一个冬天，我曾来过二仙桥，古街和赤松溪边上的情景记忆犹新。二仙桥，因为黄初平、黄初起两位仙人在赤松溪奔流的青色水波间羽化升仙而得名，为吴越王钱镠的后裔繁衍生息地。古街上石板青青，商铺如林，两旁都是古老的建筑，在建筑的月梁、牛腿、雀替、天花、隔扇间，可以窥见这里曾经的商业繁荣。"义质堂"是古街最为显眼的老建筑，无论是格局还是技艺，都极为突出。二仙桥的先人以"义质"为堂号，浓缩着他们对人生和商业的理解。孔子在《论语·卫灵公》中说："君子义以为质，礼以行之，孙以出之，信以成之。"意思是说，君子以义为根本，用礼加以推行，用谦逊的语言来表达，用忠诚的态度来完成。这是二仙桥的商业密码。如果说，古街是二仙桥商业的精华，那么集市就是二仙桥今晨的炊烟。

逛乡村集市是靠近一片土地和烟火最好的方式，靠近了它，也就靠近了这片土地。我在这片土地上生活，饮这里的水，食这里的蔬果，我的身体里便埋藏了这片土地的历史，也涵养着这片土地的气质。

／北山南水／

三

我经常在双休日的早晨来到集市。在集市上，我买过各种各样的东西，也碰到过各种各样的人。

在集市上，一位耄耋之年的卖菜老妇人叫住我，好奇于我耳上挂着的扇形小耳饰。在人群中，她与我讲述年轻时爱美的自己。经由一只耳饰的提醒，阿婆和她的青春在人群中与我相遇。两个不同年纪的女子，用各自的青春，交流着对美的理解和对生活的热爱。

在集市上，我经常能碰到一个卖葡萄的高大男孩，他告诉我，他是高中生，因为家里种了许多葡萄，他便利用暑假卖葡萄。不仅在每个集市的日子必到，平时的早市，他也经常来。大男孩戴着眼镜，周身的书卷气与集市格格不入，而他娴熟应对购买者的神采，又与集市融为一体。他在集市背后那片广袤的土地中成长，与植物建立了深层的关系。因为土地上的收获，他又通过集市与这个世界的秩序建立了关系。毫无疑问，一个人才的培养，大地与乡镇是最好的学校。他不属于集市，他定然属于更广阔的天地。

在集市上，一个卖葡萄的中年女人告诉我，表面吸引人的东西，往往烂肚里；平平无奇不张扬的东西，才最为真实和朴素。乡村集市上的卖家，大都是土地的忠实守护者，土地的博大、包容与智慧，已把他们塑造成一个个朴素的哲学家和生活家。

我常想，乡村集市上的一批批人老去，还有没有人接续他们的使命？农耕社会留给我们的眷恋，是不是在我们的下一代就此生生割裂？

山水间的荠菜

我经常在江畔和山脚的山野里漫游。

说是漫游，其实也有很正经的事——挖荠菜。在金华这片土地上，随处可见荠菜，菜地里、林地间、田埂侧、山坡上、溪流边、山涧旁……许多时候，我提着一只竹编的篮子，一把剪刀，在其间寻找荠菜。

荠菜有属于自己的季节。农历十月，天气将冷还暖时，江边已见荠菜，小小的、憨憨的，紧紧地贴着地面，菜叶呈羽状，锯齿分明，细看可见细细绒毛，清朗而温婉。而这个时候，我家窗外的银杏正摇曳一树的金黄，在暖阳中片片飘落，山野里也是满山满野都是绚烂的色彩。在这样的时节，荠菜总会如同哲学辩证的另一面，如同我们内心不曾被觉察的某种潜意识，生生地出现在眼前。荠菜在一片枯黄里过着自己的春天，无声无息，馥郁芳香。到冬至前后，它又会离地长出长而细的花枝，开出一串串细碎的白色小花，如一层薄薄的雪，让人清醒。

市区段义乌江边北岸，步行道下还有一层步行道，这一层的步行道旁，保留着一片自然水生生态，长着各种各样的水生植物，有芦苇、芦草、野茭白、水蓼等，也长着各种各样的野草，荠菜就在其中。雨水多的时候，底层的步行道会被江水淹没，江水褪

　　　　　／北山南水／

去后，总会留下或厚或薄的一层淤泥，给这片水生植物提供源源不断的营养补给。这一片自然水生生态，不需要人工过多参与，长得异常茂盛，在这些茂盛的植物间，荠菜也总是长得壮而肥。

大雪时节，我又来到北山脚下的土地上寻找荠菜，土地已被冻得松软，太阳照到的地方，融化为一片片湿土。荠菜羽状的叶子和叶子上的锯齿，不再有细细绒毛，而是白色的霜花，霜花轻轻地依着菜叶，长成了白色的锯齿。荠菜似乎在这白霜中冻僵了，但当我把它从冻土里拔出，抖落白霜，依然是生机勃勃。荠菜像一位守着绿水青山的隐士，智慧、坚毅、淡泊、自由。

我走过一寸寸土地，阅过一寸寸土地的性格和脾性，寻找荠菜的踪迹。有时候，觉得这世间只留下一片羽状的有着锯齿的叶子，只要有一个锯齿的出现，我就能探查到荠菜的足迹。有时候，似乎这整个山野都是那片叶子，如同我中学时候的美术老师朱一虹（后来成为永康日报社的同事）的画，如同热烈交缠的心口，在这旷野之中深深地呼气之后，热烈如轻烟般丝丝释放，那般轻快、自由。

我在北山脚下寻找野菜，一抬头，就是尖峰山、延绵的北山。那里曾是多少仁人志士的精神桃源，他们在不同的时间里，在同一个空间中，以儒济世、以道修身、以佛养心。事实上，我也经常以寻找荠菜的名义到北山上去漫游，也经常在北山上迷路，而每次迷路，总能发现从未去过的桃源。

我曾经去过"何北山祠"，想象过朱熹的理学思想在那里一次又一次被论述；无数次去过鹿女湖，在黄昏的时候在湖边的露天廊道上行走；多次在已近黄昏的时候走进智者寺，僧侣的梵音把我带入一个佛国的世界，身心经受洗礼；去过举岩茶茶山，在茶山中忘记了今夕何夕……我经常走进北山，去看山上双龙水库边枯黄的草，看树叶落尽的枝干——干净、寂寥、苍茫，偶尔有只鸟前来，停在枝上，似是遥望远方，又似乎什么都不看，久久立于枝头。

我去过北山的很多地方，但如今许多地方已找不到路了，我喜欢与北山保持这样一种神秘感，似远又很近，似近又很远，期待着一次次迷路和惊喜。

许多时候，我在北山脚下漫游，一抬头就看到了西落的斜阳，红艳艳地挂在天边，围绕着美丽的云彩。有时候看着斜阳西落忘记了时间，暮色四合，急急寻找回家的路。

荠菜总是在我漫游中某个不经意的时候出现，它善于隐藏自己，总是与身边的草木长成一色，与秋天的枯草长成一个模样，枯黄的叶片中还长着黑黄的斑点。我曾经嫌弃这种丑陋的荠菜，后来发现，我是被"丑荠菜"骗了，这样的荠菜放在滚水里一焯，立现绿而肥的原样。相对于植物而言，理性是人类独有的，但这并不能说明人比植物优越，植物固然没有理性，但是大自然给了它们足够的本领，如这因环境而变的隐身之术。

挖荠菜次数多了，就慢慢知道了荠菜生长的习性，最多的地方，当数田埂和林地了。在田埂上向阳的地方，总是挨挨挤挤地长着一大片荠菜，每每找到这样的一片，我总是一边欢喜一边感慨：所有的草都是向日草，之前只知向日葵，后来发现所有的植物都是向阳的。荠菜向阳，我也向阳。林地里，在一棵棵大苗木之间，经常长着很多荠菜，大的小的，肥的瘦的，总能挑到不少。但我总是不喜欢在林地里逗留太久，我喜欢到山野里去，去看山野里的季节变换。

不同性格和脾性的土地上的荠菜，一株株被我挖起。拿回家洗净，清炒或者与豆腐炒在一起，不放姜、蒜，只放点盐巴。细细咀嚼，荠菜有着特有的浓郁的清香，还有山野寂静的况味。我不断走向山野，寻找荠菜、咀嚼荠菜，荠菜也在我身上长出新的筋骨——宁静、沉稳和蓬勃。

无数个秋天

婺州大地的秋色正浓，我从宋濂的文字中抬起头来，昏昏沉沉，看向窗外，阳光正穿过窗边的银杏树，如一只安静的小猫停在我的窗台，那穿过阳光的银杏叶丛，透亮如一片灿烂霞光。

一

我合上书，提上竹编的篮子和剪子，迎着冷风，在这怒放的阳光中走向山野，走向北山脚下那片我常去的土地。

这里除了秋的色彩，还有另外的景象。我走过常绿的苗木园，这里没有篱笆，分不出苗木园之间的边界，又与田野连成一片。田野里一畦畦蔬菜生机勃勃，几天前下过的一场薄雨，已润养了这里的植物，无论是农民的种植，还是大自然的生长。我知道，这个季节里，山野里定然长满了荠菜，往年的十一过后，山野里就开始生长荠菜了，即使今年秋冬久旱，也不会影响荠菜的时令。

果然，在那茶树之间，在那地头田埂，荠菜已星星点点，或长而嫩地挤成一堆，或长在草丛间附着于地面，有的甚至开出了白色的小小碎花。寂静的田野里，有农民在翻土种植，我走进这寂静，如同闯进了他人的领地。转念一想，农民在自己的地里耕耘，而我来收获去年冬天大自然播撒于此的荠菜，我们都是这片山野的庄户，是邻居。于是，我与"邻居"打个招呼，闲聊了两句，"邻居"还为我指点荠菜长得最多的地方。

我在这片山野里循着荠菜的踪迹漫游，呼吸着带着泥土的芳香和丝丝甜味的空气，自在而舒展，甜蜜而恬然。

二

我是用这样的方式与宋濂的人生和文字对峙吗？他的文字都是大道理，唠唠叨叨的，却少见生活的烟火和喜怒哀乐。特别是在他走进大明的朝堂之后，他把自己的内心世界紧紧地包裹起来。即使他为大明的文臣之首，即使他在金华的地方文化脉络里继承了"北山四先生"的程朱理学，继承了金华学派、永康学派、月泉遗风的思想和文脉，我仍然不喜欢他的许多文字，如同大家不喜欢"台阁体"。

我想起了在山野里喝酒的范浚。"放步径从莲社去，逃禅要学饮中仙。""空阔野云疏，行行思郁纡。"他与楼仲辉郎中从寺院里跑出来，提着酒壶与山风对饮，恣意洒脱。虽然喝着喝着又忧伤起来，那就忧伤吧，生活就是这般，欢喜与忧伤参半，洒脱与进取参半，半冷半暖，半死半生。

宋濂与范浚是不同的。他生活在一个儒学世家，祖上多有大儒，而他的祖父和父亲都是普通百姓，在战乱的年代里为生活所累。他父亲对他最大的期望，便是传承祖上读书知礼的遗风，"不必以良田华屋留给子孙，不必交结权贵邀荣取宠"，唯独希望他成为一名良师大儒。宋濂的父亲是历经世事的通透之人，虽是普通百姓却有着智者与大儒之遗风。

为此，宋濂的肩上，是担着祖上的期望的，一个家族的使命之重，在宋濂的生命形式里，即表现为生活烟火和喜怒哀乐之轻，对应的是道学之重。特别他的次子宋璲、长孙宋慎也走进了朝堂，这在随时大祸降临的大明朝堂，无疑是被皇权掐着了脖子。

三

宋濂在危机四伏的环境中惶惶求生，他所能唱出的为人之歌，他所能拔出的剑戟，仍然只是忍辱负重。

宋濂一生勤奋，"朝夕唯从事书册间"，视自己从事的古文辞和哲思为"道"的载体如性命，并以传播"道"为终生使命。为此，我们就看到了一个"性尤旷达，视一切外物澹如也"的宋濂，三十岁后就把家中事务托付给妻子及子侄。他在自我思维里遨游，对生活烟火的感官享受几近漠视。

而范浚的范氏家族，世代为官，在他这一代中，十子九登科。就家族而言，更期待有人在别的领域有一番作为。事实上，范氏家族显赫的地位为他在后世的影响产生了很大助力，家族后人不仅多次为他出书，乡人也纷纷为他造势。

有学者认为，范浚是婺学的开宗，宋濂是婺学的集大成者。宋濂将他的所学传给了方孝孺，方孝孺被誉为"明之学祖"和"天下读书种子"，后来成为"建文新政"的顾命老臣之一，朱棣举兵"靖难"，登上帝位时，召方孝孺起草登基诏书，方孝孺不写，投笔于地，又哭又骂。再强迫他写，他就写"燕贼篡位"四字，后被朱棣诛十族。婺学由此而衰落。

四

我在这山野里举目四望，在这片土地之上，另有两个秋天——

一个秋天，孤灯窗下，清隽少年，孜孜求教，激昂天下，衣锦还乡，光宗耀祖，青史留名。范浚把婺学种在生活和烟火之中；宋濂把婺学推向了朝堂，被宋濂引为终生使命的道学传播，继婺学思想之后掀起了婺学文学的高峰。这个秋天，风光无限，绚烂多彩。

而另一个秋天，是秋意中的萧瑟与无奈压迫过来，绞缠过来，无处逃遁。却又让秋天变得更加清醒，看到哭泣的灵魂，没有锋芒的剑戟，看到无法言说的忧伤，无从躲避的惶恐。每个人都生活在自己的背景和人生经历中，生活在自己的理想与困顿之中。就如狄尔泰所说，生命是一个历史的存在，它既是一个人文关系的总体，又是一个自身展开的历史过程。每个人有各自的长处，也有无法逃脱的局限。这个秋天，一切微弱的行为和声音，都在我们满怀萧瑟与无奈中被重新看见。与其说看到他们，不如说看到了我们自己。我们走在自己的道路上，何尝不是与那些比我们更久远的事物走在同一条道路上，因为看见，所以灵魂相知，我们在这秋冬的萧瑟与无奈中向往春天。

我在这山野里举目极望，在我所望及和不能望及的地方，还有着无数个秋天。专家认为，婺学在方孝孺这里终结，我并不认同。这只是对于历朝历代在朝为官的仕宦子弟而言，许许多多为婺学思想所濡养的学子，他们可能没有入朝为官，也没有成为一代大儒，只是一个普通的百姓，消失于人群，消失于历史。但在他们阅遍古人，走遍山河，撞击过无数思想之后，他们反身看向脚下的这片土地，他们开始发掘、创新、探寻自己和脚下这片土地的可能和未来。这反身自我探寻的孤勇和自信，是前人种植于婺州大地的伟大种子。古往今来，这颗种子在这片土地上种出了无数个秋天。

后 记

我在金华这座城市生活已有六个年头，这些文字，都是这期间写成的，大部分写于2022年和2023年。金华，背靠北山，南有婺江。因为婺江，江北与江南成为百姓日常最基本的地理单词。婺江由武义江和东阳江汇合而成，三江流域囊括了除浦江之外的金华所有土地。这些文字，是我在这片土地上的生活、阅读、行走和胡思乱想。

感谢在这一过程中遇见的所有人和事，感谢同事们在查阅书籍、采访等方面给予的支持，感谢前辈和好友的指点和陪同，感谢家人的鼓励，感谢无数陌生人给予的许许多多的帮助。因为你们，这片土地增添了无数美好；因为你们，有了一次次行走；因为你们，有了以上的文字。在此一并表达深深的感谢。

写作，对我来说是记者生涯的习惯性延续，也是自己内心的需要。在写作这一点自由的小小空间里，可以安于自己的笨拙和孤独，安于自己的过去和未来，安于自己的生命脉络，这又何尝不是一种精神的自救。所幸，我不用把写作当作谋生的手段，让我在文字里也能做一个自由的人。

我生活在这片土地上，地方文献资料研究，有幸为我所爱，我也为之濡养。基于研究和写作，我一次次走近斑驳古迹，走进村落山野、古道残垣，甚至少有人知的历史角落。写作是热闹的旅程，一条路在字里行间的阅读，一条路在脚下的行走和所见所闻，一条路在理性思考，一条路在情感世界。写作也是孤独的旅程，就如生命本身是一趟独立的旅行，无所依靠是人的命运，无所沾系是还归于人本来的唯一途径。

在这样热闹而孤独的行走中，我看见历史的嶙峋真相，岁月的铮铮铁骨。古往今来，多少风骨学人，一生倔强，一生坎坷，常被误解，也常被攻讦，但他们终究被历史理解，他们裹藏其间的灵魂终究被看见。在行走和写作中，我遇到这片土地的一个个故人，在历史中触及一个个人生的挣扎。在他们的人生浮沉中，也看到了自己的孤独与惶然，茫然与无奈。在无数个黄昏，我隔着历史在人生长河中与他们遥遥相望，我一次次饮下这片山河的高远与辽阔，历史和精神，从中找到广大深厚的灵魂给养，得以慢慢靠近自己的原样。为此，我学会做一个诚实的人，让被桎梏和圈禁的自己得以解放。

我开始对过去充满感激，感激这世上所有的遇见。因为遇见，让我经历什么是情义与恩典，背叛与赤诚，委屈与隐忍，悲凉与叹息，明白了豁然开朗，明心见性，学会了感恩，学会了放下，也学会了谦卑，从而低下头去，进入新的天地，展开不一样的人生。

我开始知道，在孤独、惶然、悲凉的背后，埋藏着深沉而热烈的爱。我爱这土地，也爱这土地上的人。

六个春夏秋冬，树叶青了又青，黄了又黄，风雨一次又一次来，雪来了又走了。我常常恍惚，眼下的这个黄昏，就是去年的那个黄昏，就是千年前的那个黄昏，黄昏的灯，黄昏的雨，黄昏的烟火，黄昏的孤独。

行走和写作，是我一生的缘分，也是我的福报和恩典。无数索然无味的庸常，所幸有文学可以投靠。古道瘦马，旷野孤舟，长天落霞，我会一直走在这条长路上。